A ESTRADA PARA OZ

Esta é uma publicação Principis, selo exclusivo da Ciranda Cultural
© 2021 Ciranda Cultural Editora e Distribuidora Ltda.

Traduzido do original em inglês
The road to Oz

Texto
L. Frank Baum

Tradução
Karine Simões

Preparação
Otacílio Palareti

Revisão
Agnaldo Alves

Produção editorial
Ciranda Cultural

Diagramação
Linea Editora

Design de capa
Ciranda Cultural

Imagens
welburnstuart/Shutterstock.com;
Juliana Brykova/Shutterstock.com;
shuttersport/Shutterstock.com;
yuriytsirkunov/Shutterstock.com;
Reinke Fox/Shutterstock.com

Dados Internacionais de Catalogação na Publicação (CIP) de acordo com ISBD

B347e	Baum, L. Frank
	A estrada para Oz / L. Frank Baum ; traduzido por Karine Simões. – Jandira, SP : Principis, 2021.
	144 p. ; 15,5cm x 22,6cm. - (Terra de Oz ; v.5)
	Tradução de: The road to Oz
	ISBN: 978-65-5552-306-5
	1. Literatura americana. 2. Ficção. I. Simões, Karine. II. Título. III. Série.
	CDD 813
2021-1933	CDU 821.111(73)-3

Elaborado por Vagner Rodolfo da Silva - CRB-8/9410

Índice para catálogo sistemático:
1. Literatura americana : Ficção 813
2. Literatura americana : Ficção 821.111(73)-3

1ª edição em 2021
www.cirandacultural.com.br
Todos os direitos reservados.
Nenhuma parte desta publicação pode ser reproduzida, arquivada em sistema de busca ou transmitida por qualquer meio, seja ele eletrônico, fotocópia, gravação ou outros, sem prévia autorização do detentor dos direitos, e não pode circular encadernada ou encapada de maneira distinta daquela em que foi publicada, ou sem que as mesmas condições sejam impostas aos compradores subsequentes.

Um relato sobre como Dorothy Gale, do Kansas, o Homem-Farrapo, Botão-Brilhante e Policromia, a filha do Arco-íris, conheceram-se em uma estrada encantada e seguiram viagem até chegar à maravilhosa Terra de Oz.

por L. Frank Baum, "Historiador Real de Oz".

SUMÁRIO

Aos meus leitores 9

O caminho para Butterfield 11

Dorothy conhece Botão-Brilhante 19

Uma aldeia estranha 24

Rei Dox 30

A filha do Arco-íris 38

A cidade das bestas 42

A transformação do Homem-Farrapo 48

O musicista 56

Enfrentando os scoodlers 63

Escapando do caldeirão 68

Johnny, o Faz-Tudo 74

O Deserto Mortal foi cruzado 81

A Lagoa da Verdade 84

Tic-Tac e Billina 89

O castelo de estanho do imperador 95

Visitando o campo de abóboras 99

A chegada da carruagem real 103

A Cidade das Esmeraldas 108

Boas-vindas ao Homem-Farrapo 113

Princesa Ozma de Oz 117

Dorothy recebe os convidados 122

Chegadas importantes 128

O grande banquete 134

A celebração do aniversário 137

AOS MEUS LEITORES

Bem, meus queridos, aqui está o que vocês me pediram: outro "livro de Oz" sobre as estranhas aventuras de Dorothy. Atendendo a pedidos, desta vez Totó está nesta história, juntamente com muitos outros personagens que vocês já conhecem. Os desejos dos meus pequenos correspondentes foram cuidadosamente considerados, e se o livro não é exatamente como vocês o teriam escrito, é preciso lembrar que uma narrativa, antes de ser passada para o papel, é, acima de tudo, uma história, e se o escritor fizer muitas mudanças, corre o risco de estragá-la.

No prefácio de *Dorothy e o Mágico de Oz*, eu disse que gostaria de escrever algumas histórias que não fossem sobre "Oz", porque pensei já ter escrito o suficiente sobre as aventuras da menina do Kansas. Mas, desde que este volume foi publicado, tenho recebido inúmeras cartas de crianças implorando-me para "escrever mais sobre Dorothy" e "mais sobre Oz", e como meu objetivo com a escrita é agradar as crianças, tentarei respeitar seus desejos.

Existem alguns personagens novos neste livro que devem ganhar a sua simpatia. Gosto muito do Homem-Farrapo, e acho que vocês irão gostar dele também. A personagem Policromia, filha do Arco-íris, e o estúpido Botão-Brilhante trazem um tom divertido a essas histórias de Oz, e estou feliz por tê-los descoberto. Estou ansioso para que me escrevam e digam o que acharam deles. Desde que este livro foi escrito, recebi algumas notícias notáveis da Terra de Oz, que me surpreenderam muito, e acredito que irão surpreendê-los também, meus queridos, quando vocês as ouvirem. Mas é uma história tão longa e emocionante que deve ser guardada para outro livro – e talvez seja a última história a ser contada sobre a Terra de Oz.

L. Frank Baum
Coronado, 1909

O CAMINHO PARA BUTTERFIELD

– Por favor, senhorita – disse um maltrapilho –, poderia me dizer qual é a estrada para Butterfield?

Dorothy olhou para ele. E, sim, ele vestia trapos e estava desgrenhado, mas havia um brilho em seus olhos que o fazia parecer alguém agradável.

– Ah, claro – respondeu ela. – Posso sim! Mas esta em que você está não é a estrada certa.

– Não?

– Não. Você precisa atravessar o lote de quatro hectares, seguir a pista até a rodovia, ir para o norte em direção a cinco ramificações na estrada, pegar… deixe-me ver…

– Para ter certeza, senhorita, é melhor que você mesma veja onde fica Butterfield, se estiver disposta – disse o homem.

– Acho que você deve pegar a ramificação próxima ao toco de salgueiro, ou então a que fica perto das tocas dos géomis-de-bolso; ou talvez…

– Não posso pegar qualquer uma, senhorita?

– Claro que não, Homem-Farrapo. Você deve seguir o caminho certo para chegar à Butterfield.

– E é aquela perto da toca dos géomis-de-bolso, ou…

– Minha nossa! – gritou Dorothy. – Eu mesma terei que lhe mostrar o caminho, você é tão estúpido! Espere um minuto para eu ir até minha casa pegar meu chapéu de sol.

O homem esperou. Ele tinha uma palha de aveia na boca, que mastigava lentamente, como se tivesse um gosto bom, embora isso não fosse verdade. Havia uma macieira ao lado da casa e algumas maçãs caídas ao chão. Achando que elas teriam um gosto melhor do que a palha de aveia, ele aproximou-se para pegar algumas. Então, um cachorrinho preto, com olhos castanhos brilhantes, saiu correndo da habitação rural vindo loucamente em direção ao homem maltrapilho que, no momento, já tinha pegado três maçãs e colocado em um dos grandes bolsos de seu casaco felpudo.

O cachorrinho latiu e se jogou contra a perna do homem esfarrapado, mas ele agarrou o animal pelo pescoço e o colocou no bolso largo junto com as maçãs. Depois ele pegou mais algumas, porque havia muitas no chão, e cada uma que ele jogava em seu bolso acertava o cachorrinho em algum lugar, na cabeça ou nas costas, fazendo-o rosnar. O nome dele era Totó, e ele estava triste por ter sido colocado no bolso de um estranho.

Logo Dorothy saiu de casa com seu chapéu de sol, e ela o chamou:

– Vamos, Homem-Farrapo, se ainda quiser que lhe mostre o caminho para Butterfield.

Ela escalou a cerca do terreno de quatro hectares e ele a seguiu, caminhando lentamente e tropeçando nas pequenas elevações do pasto, como se estivesse pensando em outra coisa e não as tivesse percebido.

– Nossa, como você é desajeitado! – disse a menina. – Está com os pés cansados?

– Não, senhorita, são meus bigodes. Eles se cansam muito facilmente neste calor. Seria bom se nevasse agora, não acha?

– Claro que não! – respondeu Dorothy, olhando-o com severidade. – Se nevasse em agosto, estragaria o milho, a aveia e o trigo, e então o tio Henry não teria nenhuma colheita, e isso o tornaria pobre, e...

– Não importa – disse o homem. – Não vai nevar de qualquer forma, eu acho. Já estamos do outro lado?

– Sim – respondeu Dorothy, escalando outra cerca. Eu irei até a rodovia com você.

– Obrigado, senhorita. Você realmente é muito gentil para o seu tamanho – disse ele agradecido.

– Nem todo mundo conhece o caminho para Butterfield – comentou a garota enquanto tropeçava ao longo da pista –, mas como eu fui até lá há algum tempo com o tio Henry, acredito que posso encontrá-lo de olhos fechados.

– Não faça isso, senhorita – disse o homem com vestes de trapo, com seriedade. – Você pode acabar errando o caminho.

– Eu não vou fazer isso – ela respondeu, rindo. – Aqui está a rodovia. Agora é a segunda, não, a terceira à esquerda... ou será que é a quarta? Vamos ver. A primeira ramificação fica perto do olmo e a segunda, das tocas dos géomis-de-bolso, e então...

– Então o quê? – ele perguntou, colocando as mãos nos bolsos do casaco. Totó agarrou um dedo e o mordeu, fazendo o homem tirar a mão do bolso rapidamente e dizer:

– Ai!

Dorothy não percebeu porque estava protegendo os olhos do sol com o braço, enquanto olhava ansiosamente para a estrada.

– Vamos – ela ordenou. – Não é muito longe daqui, então eu posso mostrar a você.

Depois de um tempo, eles chegaram ao lugar onde a estrada se ramificava em cinco direções diferentes. Dorothy apontou para uma e disse:

– É esta aqui, Homem-Farrapo.

– Estou muito agradecido, senhorita – disse ele, começando a caminhar pela outra ramificação.

– Não é essa! – ela gritou. – Você está indo pelo caminho errado.

Ele parou.

– Eu pensei que você tivesse dito que a outra era a estrada para Butterfield – disse ele, passando os dedos pelos bigodes peludos parecendo intrigado.

– E disse.

– Mas eu não quero ir para Butterfield, senhorita.

– Você não quer?

– Claro que não. Eu queria que você me mostrasse a estrada para que eu não fosse para lá por engano.

– Oh! Onde você quer ir, então?

– Não sou muito exigente, senhorita.

Essa resposta surpreendeu a menina e também a provocou, fazendo-a pensar que seu esforço tinha sido em vão.

– Há muitas estradas aqui – observou o maltrapilho, virando-se lentamente, como um moinho de vento humano, para olhar ao redor. – Parece-me que uma pessoa poderia ir "a quase todos os lugares que quisesse a partir daqui".

Dorothy também virou-se e ficou surpresa. Havia muitas estradas, bem mais do que tinha visto da outra vez. Ela tentou contá-las, sabendo que deveriam ser cinco, mas quando ela chegou a dezessete, ficou perplexa e desistiu, pois as estradas eram tão numerosas quanto os raios de uma roda, e iam para todas as direções a partir da ramificação central, então, se ela continuasse verificando a quantidade de caminhos, provavelmente acabaria contando algumas das estradas duas vezes.

– Nossa! – ela exclamou. – Costumava haver apenas cinco estradas, uma rodovia e só. E agora por que... Onde está a rodovia, Homem-Farrapo?

– Não sei dizer, senhorita – respodeu ele, sentando-se no chão como se estivesse cansado de ficar em pé. – Não estava aqui um minuto atrás?

– Foi o que pensei – respondeu ela, muito perplexa. – Eu vi as tocas dos géomis-de-bolso e também o toco morto, mas agora não estão mais aqui. Essas estradas são todas estranhas... E quantas estradas existem! Para onde você acha que elas vão?

– As estradas – observou o homem – não vão a lugar algum. Elas permanecem no mesmo lugar para que as pessoas possam pisar nelas.

Ele colocou a mão no bolso lateral e tirou uma maçã rápido, antes que Totó pudesse mordê-lo novamente. O cachorrinho pôs a cabeça para fora desta vez e disse "*Au-au!*" tão alto que fez Dorothy pular.

– Oh, Totó! – ela gritou. – De onde você veio?

– Eu o trouxe comigo – disse o homem desgrenhado.

– Por quê? – ela perguntou.

– Para guardar as maçãs no meu bolso, senhorita, para que ninguém as roubasse.

Com uma das mãos, o homem segurava a maçã, que logo começou a comer, e com a outra tirou Totó do bolso e o largou no chão. Claro que o cãozinho foi correndo para Dorothy, latindo alegremente com sua libertação do bolso escuro. Depois que a criança afagou sua cabeça com amor, ele sentou-se diante dela, com sua língua vermelha pendurada em um lado da boca, e olhou para o rosto da menina com seus olhos castanhos brilhantes, como se perguntasse o que eles deveriam fazer a seguir.

Dorothy não sabia. Ela olhou em volta ansiosamente procurando por algo que fosse familiar, mas tudo era estranho. Entre as várias ramificações da estrada havia prados verdes e alguns arbustos e árvores, mas ela não conseguia enxergar em nenhum lugar a casa de onde ela tinha acabado de sair, ou qualquer outra coisa que ela já tivesse visto antes, exceto o Homem-Farrapo e Totó.

Além disso, ela tinha girado tantas vezes tentando descobrir onde estava, que agora não conseguia nem dizer em qual direção sua fazenda deveria estar, e isso começou a preocupá-la, fazendo-a sentir-se ansiosa.

– Estou com medo, Homem-Farrapo – disse ela, angustiada –, talvez estejamos perdidos!

– Não há nada a temer – respondeu ele, jogando fora o miolo de sua maçã e começando a comer outra. – Cada uma dessas estradas deve levar a algum lugar, ou não estariam aqui. Então, por que a preocupação?

– Quero voltar para casa – disse ela.

– Bem, e por que você não volta? – disse ele.

– Eu não sei qual caminho pegar.

– Isso é muito ruim – disse ele, sério, balançando a cabeça descabelada. – Eu gostaria de poder ajudar-lhe, mas eu não posso. Eu sou um estranho nesta área.

– Pelo visto também sou – disse ela, sentando-se ao lado dele. – Engraçado, há alguns minutos eu estava em casa e vim apenas para mostrar-lhe o caminho para Butterfield.

– Então, eu não devo cometer o erro de ir até lá.

– E agora estou perdida e não sei como voltar para casa!

– Coma uma maçã – sugeriu ele, entregando-lhe uma com a casca vermelha.

– Não estou com fome – disse Dorothy, afastando-o.

– Mas você pode estar amanhã e então vai arrepender-se de não ter comido a maçã – disse ele.

– Sendo assim, comerei a maçã depois – prometeu Dorothy.

– Talvez não haja mais maçãs depois – ele respondeu, começando a comer a fruta de casca vermelha. – Os cães às vezes conseguem encontrar o caminho de casa melhor do que as pessoas – continuou ele –, talvez seu cachorro possa levá-la de volta para a fazenda.

– Você consegue, Totó? – perguntou Dorothy.

Totó abanou o rabo vigorosamente.

– Tudo bem – disse a garota. – Vamos para casa.

Totó olhou em volta por um minuto e disparou por uma das estradas.

– Adeus, Homem-Farrapo! – falou Dorothy, enquanto corria atrás de Totó. O cachorrinho saltitava rapidamente por alguma distância quando virou para olhar para sua dona interrogativamente.

– Oh, não espere que lhe diga o que fazer, eu não sei o caminho – ela disse. – Você terá que encontrá-lo sozinho.

Mas Totó não conseguiu. Ele abanou o rabo, espirrou, sacudiu as orelhas e trotou de volta para onde haviam deixado o homem que o raptou. Dali, ele começou a andar por outra estrada, mas logo voltou e escolheu outra; cada vez que começava um trajeto, percebia que não era o caminho certo para levá-los de volta à fazenda. Finalmente, quando Dorothy começou a se cansar de persegui-lo, Totó sentou-se ofegante ao lado do homem malvestido, e desistiu.

Dorothy sentou-se também, muito pensativa. A menina tinha vivido algumas aventuras estranhas desde que veio morar na fazenda, mas esta era certamente a mais estranha de todas. Perder-se em quinze minutos, tão perto de sua casa e no Estado nada romântico do Kansas, era uma experiência que a deixava bastante perplexa.

– Seus pais não ficarão preocupados? – perguntou o homem com olhos que brilhavam de uma forma agradável.

– Acho que sim – respondeu Dorothy, respirando fundo. – Tio Henry diz que SEMPRE há algo acontecendo comigo, mas eu sempre volto para casa em segurança no final. Então, talvez isso o console fazendo-o pensar que voltarei para casa mais uma vez.

– Tenho certeza de que sim – disse ele, sorrindo e concordando com a cabeça. – Boas meninas nunca sofrem nenhum dano, você sabe. De minha parte, também sou uma boa pessoa, então nada me machucará também.

Dorothy olhou para ele com curiosidade. Suas roupas eram farrapos, suas botas eram gastas e cheias de buracos, e seus cabelos e bigodes eram desgrenhados, mas seu sorriso era doce e seus olhos eram gentis.

– Por que você não quis ir para Butterfield? – ela perguntou.

– Porque lá mora um homem que me deve quinze centavos, e se eu fosse para Butterfield e ele me visse, certamente ele iria querer me devolver o dinheiro. Eu não quero dinheiro, minha querida.

– Por que não? – ela perguntou.

– Dinheiro – declarou o homem – torna as pessoas orgulhosas e arrogantes, e eu não quero ser assim. Tudo que eu quero é que as pessoas me amem e, enquanto eu possuir o Ímã do Amor, todos aqueles que cruzarem meu caminho irão me amar ternamente.

– Ímã do Amor! Para que isso?

– Eu lhe mostrarei, se você não contar a ninguém – ele respondeu, em voz baixa e misteriosa.

– Não há ninguém aqui para eu contar, exceto Totó – disse a garota.

Ele cuidadosamente procurou em um bolso, e em outro bolso, e em um terceiro. Por fim, ele tirou um pequeno pacote embrulhado em papel amassado amarrado com um barbante de algodão. Ele desamarrou o cordão, abriu o pacote e tirou um pedaço de metal não muito bonito, opaco e marrom, em forma de ferradura.

– Este, minha querida – disse ele, de um jeito impressionante – é o maravilhoso Ímã do Amor. Ele me foi dado por um esquimó quando estive nas Ilhas Sanduíche, um local onde não há sanduíches, e enquanto eu carregar este objeto, todos os seres vivos que eu encontrar irão me amar muito.

– Por que o esquimó não ficou com ele? – ela perguntou, olhando para o ímã com interesse.

– Ele se cansou de ser amado e ansiava por alguém que o odiasse. Então ele me deu o ímã e no dia seguinte um urso-pardo o comeu.

– Será que ele se arrependeu? – ela perguntou.

– Ele não disse – respondeu o homem da barba descabelada, embrulhando e amarrando novamente o ímã com muito cuidado antes de guardá-lo no outro bolso. – Mas o urso não pareceu nem um pouco arrependido – acrescentou.

– Você conheceu o urso? – perguntou Dorothy.

– Sim, costumávamos jogar bola juntos nas Ilhas Caviar. O urso me amou porque eu tinha o Ímã do Amor. Eu não poderia culpá-lo por ter comido o esquimó, já que era da sua natureza fazê-lo.

– Uma vez – disse Dorothy – conheci um Tigre Faminto que ansiava por devorar bebês gordinhos, porque era da sua natureza, mas ele nunca comeu um, porque ele tinha uma consciência.

– Esse urso – ele respondeu, com um suspiro – não tinha nenhuma consciência, entende?

O Homem-Farrapo ficou em silêncio por vários minutos, aparentemente considerando o que acontecera com o urso e com o tigre, enquanto Totó o observava com um ar de grande interesse. O cachorrinho sem dúvida estava pensando em seu passeio no bolso do homem e planejando ficar fora de seu alcance no futuro.

Por fim, ele se virou e perguntou:

– Qual é o seu nome, garotinha?

– Meu nome é Dorothy – disse ela, pulando de novo. – Mas o que vamos fazer? Você sabe que não podemos ficar aqui para sempre.

– Vamos pegar a sétima estrada – sugeriu ele. – Sete é o número da sorte para meninas chamadas Dorothy.

– Sétima de onde?

– De onde você começar a contar.

Então ela contou sete estradas, e a sétima se parecia com todas as outras, mas o molambento levantou-se do chão onde estava sentado e começou a descer uma ramificação como se tivesse certeza de que era o melhor caminho a seguir, e Dorothy e Totó o seguiram.

DOROTHY CONHECE BOTÃO-BRILHANTE

A sétima ramificação era uma boa estrada e fazia curvas para cá e para lá, serpenteando por prados verdes, campos cobertos de margaridas e ranúnculos e grupos de árvores frondosas. Não havia nenhum tipo de casa à vista, e por alguma distância eles não encontraram nenhuma alma viva.

Dorothy começou a duvidar se aquele realmente era um bom caminho para retornar à fazenda, pois tudo ali lhe era estranho. Porém, voltar para tentar pegar outra estrada onde todas elas se encontravam não adiantaria, porque a próxima que eles escolhessem poderia levá-los para mais longe ainda de sua casa.

Ela continuou ao lado do homem, que assobiava canções alegres para entretê-los durante a jornada. Eles seguiram viagem até chegarem a uma curva na estrada e deparar-se com uma enorme castanheira, que fazia sombra na rodovia. Embaixo de sua copa estava sentado um menino vestido com roupas de marinheiro, cavando um buraco na terra com um pedaço de madeira. Ele deve ter ficado cavando por algum tempo, porque o buraco era grande o suficiente para caber uma bola de futebol nele.

Dorothy, Totó e o Homem-Farrapo pararam diante do pequeno menino, que continuou cavando de forma sóbria e persistente.

– Quem é você? – perguntou a garota.

Ele olhou para ela calmamente. Seu rosto era redondo e rechonchudo, e seus olhos eram grandes, azuis e sérios.

– Sou Botão-Brilhante – disse ele.

– Mas qual é o seu nome verdadeiro? – ela perguntou.

– Botão-Brilhante.

– Isso não é um nome de verdade! – ela exclamou.

– Não é? – ele perguntou, ainda cavando.

– Claro que não. É apenas outra forma de chamá-lo. Você deve ter um nome.

– Eu devo?

– Com certeza. Como sua mãe o chama?

Ele fez uma pausa em sua escavação e tentou pensar.

– Papai sempre disse que eu era brilhante como um botão, então mamãe sempre me chamou de Botão-Brilhante – disse ele.

– Qual é o nome do seu papai?

– Apenas papai.

– E o que mais?

– Não sei.

– Não importa – disse o Homem-Farrapo, sorrindo. – Vamos chamar o menino de Botão-Brilhante, como sua mãe faz. Esse nome é tão bom quanto qualquer outro. É até melhor do que alguns que conheço.

Dorothy observou o menino cavar.

– Onde você mora? – ela perguntou.

– Não sei – foi a resposta.

– Como você veio parar aqui?

– Não sei – disse ele novamente.

– Você não sabe de onde veio?

– Não – disse ele.

– Ora, ele deve estar perdido – disse ela ao companheiro de viagem.

Ela virou para o menino mais uma vez.

– O que você vai fazer? – ela perguntou.

– Cavar – disse ele.

– Mas você não pode cavar para sempre. Depois, você vai fazer o quê? – ela insistiu.

– Não sei – disse o menino.

– Mas você PRECISA saber ALGUMA COISA – declarou Dorothy, irritada.

– Eu preciso? – ele perguntou, olhando surpreso.

– Claro que sim.

– O que preciso saber?

– O que vai ser de você, para começar – ela respondeu.

– VOCÊ sabe o que vai ser de mim? – ele perguntou.

– Na verdade, não – ela admitiu.

– Você sabe o que vai ser de VOCÊ? – ele continuou, seriamente.

– Não posso dizer que sim – respondeu Dorothy, lembrando-se de suas dificuldades atuais.

O Homem-Farrapo riu.

– Ninguém sabe tudo, Dorothy – disse ele.

– Mas o Botão-Brilhante parece não saber NADA – declarou ela. – Você sabe, Botão-Brilhante?

Ele balançou a cabeça com lindos cachos por toda parte, e respondeu com perfeita calma:

– Não sei.

Nunca antes Dorothy se encontrara com alguém que pudesse lhe dar tão pouca informação. O menino estava evidentemente perdido, e seu povo com certeza estava preocupado. Ele parecia dois ou três anos mais novo que Dorothy, e estava lindamente vestido, como se alguém o amasse muito e zelasse pela sua aparência. Como, então, ele veio parar nesta estrada solitária? Ela imaginou.

Perto de Botão-Brilhante, no chão, estava um chapéu de marinheiro com uma âncora dourada na aba. Suas calças de marinheiro eram longas e largas na parte inferior, e o colarinho de sua blusa tinha âncoras de ouro costuradas nas laterais.

O menino ainda estava cavando em seu buraco.

– Você já esteve no mar? – perguntou Dorothy.

– Para ver o quê? – respondeu Botão-Brilhante.

– Quero dizer, você já esteve onde tem água?

– Sim – disse Botão-Brilhante. – Há um poço em nosso quintal.

– Você não entendeu! – exclamou Dorothy. – Estou perguntando se você já esteve em um grande navio flutuando na imensidão do oceano.

– Não sei – disse ele.

– Então por que você usa roupas de marinheiro?

– Não sei – ele respondeu, novamente.

Dorothy ficou exaltada.

– Você é muito desagradável, Botão-Brilhante! – disse ela.

– Eu sou? – ele perguntou.

– Sim, você é.

– Por quê? – olhando para ela com seus grandes olhos.

Ela ia dizer "não sei", mas se conteve a tempo.

– Isso é você quem tem que responder – respondeu ela.

– Não adianta fazer perguntas ao Botão-Brilhante – disse o homem de vestes gastas, que estava comendo outra maçã. – Mas alguém deve cuidar do pobre rapazinho, não acha?! Então é melhor ele vir conosco.

Totó ficou olhando com muita curiosidade para o buraco onde o menino estava cavando e, a cada minuto que se passava, ele ficava mais empolgado, talvez pensando que Botão-Brilhante estivesse atrás de algum animal selvagem. Agitado, o pequeno cachorro começou a latir alto e logo pulou no buraco, onde começou a cavar com suas patinhas minúsculas, fazendo a terra voar em todas as direções.

A terra respingou no menino, e Dorothy o agarrou, tirando-o do chão para escovar suas roupas com a mão.

– Pare com isso, Totó! – ela gritou. – Não há ratos ou marmotas naquele buraco, não seja tolo.

Totó parou, farejou o buraco com desconfiança e saltou para fora dele, abanando o rabo como se tivesse feito algo importante.

– Bem – disse o Homem-Farrapo –, é melhor irmos ou não iremos chegar a lugar algum antes de anoitecer.

A ESTRADA PARA OZ

– Onde você espera chegar? – perguntou Dorothy.

– Eu sou como o Botão-Brilhante, não sei – ele respondeu, com uma risada. – Mas aprendi com minha longa experiência que toda estrada leva a algum lugar, ou não haveria estrada, então é provável que se viajarmos tempo suficiente, minha querida, chegaremos a outro destino. Qual lugar será, não podemos sequer adivinhar neste momento, mas com certeza descobriremos quando chegarmos lá.

– Ora, sim – disse Dorothy. – Você está certo, Homem-Farrapo.

UMA ALDEIA ESTRANHA

Botão-Brilhante pegou a mão do Homem-Farrapo de bom grado, pois, desde o momento em que o viu, amou o maltrapilho sem saber que o homem carregava consigo o Ímã do Amor. Eles então começaram sua jornada, com Dorothy de um lado, e Totó do outro, e o pequeno grupo foi caminhando despreocupado, mais alegre do que o esperado para aquela situação. Botão-Brilhante não parecia nem um pouco com medo ou preocupado por estar perdido, e o Homem-Farrapo, como provavelmente não tinha casa, sentia-se tão feliz quanto estaria em qualquer outro lugar. A garota, que já estava acostumando-se com essas aventuras estranhas, logo ficou animada, e aonde quer que Dorothy fosse, Totó certamente a seguiria, assim como o cordeirinho de Maria[1].

Em pouco tempo, eles avistaram um grande arco fino, da largura da estrada, e quando chegaram mais perto, perceberam que ele era lindamente esculpido e ornado com cores ricas. No topo, por toda sua extensão, havia uma fileira de pavões com caudas abertas e belíssimas penas pintadas, e no centro estava uma grande cabeça de raposa, de expressão astuta, com grandes óculos sobre os olhos e uma pequena coroa dourada, com pontas brilhantes, em sua cabeça.

---
[1] Referência à canção infantil *Mary had a Little Lamb*. (N.T.)

A ESTRADA PARA OZ

Enquanto os viajantes olhavam com curiosidade para o belo arco, de repente marchou para fora dele um batalhão, em que todos os soldados eram raposas fardadas. Eles usavam jaquetas verdes e calças amarelas, e seus pequenos quepes e seus coturnos tinham um tom de vermelho brilhante. Além disso, havia um grande laço vermelho amarrado no meio de cada cauda longa e espessa. Cada soldado estava armado com uma espada de madeira, cuja ponta tinha dentes afiados e enfileirados, e a visão desses dentes, a princípio, fez Dorothy estremecer.

Um capitão vinha à frente do batalhão de soldados-raposas. Seu uniforme era bordado com tranças douradas, deixando-o mais airoso do que os outros, e, antes que nossos amigos pudessem perceber, os soldados já os haviam cercado por todos os lados, e o capitão gritava com voz áspera:

– Rendam-se! Vocês são nossos prisioneiros.

– O que é um *prisneiro*? – perguntou Botão-Brilhante.

– Um prisioneiro é um cativo – respondeu o capitão-raposa, pavoneando-se com muita dignidade.

– O que é um cativo? – perguntou Botão-Brilhante.

– Você é um – disse o capitão.

Isso fez o Homem-Farrapo rir.

– Boa tarde, capitão – disse ele, curvando-se educadamente para todas as raposas e envergando-se mais ainda para seu superior. – Espero que todos estejam gozando de boa saúde. Como vai a família?

O capitão-raposa olhou para o homem esfarrapado, e suas feições marcantes tornaram-se agradáveis e sorridentes.

– Estamos muito bem, obrigado, Homem-Farrapo – disse ele. Dorothy sabia que o Ímã do Amor estava funcionando e que todas as raposas agora amavam seu companheiro de viagem por causa do ímã. Mas Totó não sabia disso e começou a latir com raiva e tentou morder a perna cabeluda do capitão, que ficava aparente entre os coturnos vermelhos e as calças amarelas.

– Pare, Totó! – gritou a menina, pegando o cachorro nos braços. – Estes são nossos amigos.

– E como somos! – comentou o capitão em tom de espanto. – Eu pensei no começo que éramos inimigos, mas parece que vocês são amigos de fato. Vocês devem me acompanhar para conhecer o rei Dox.

– Quem é ele? – perguntou Botão-Brilhante, com olhos sérios.

– Rei Dox é o rei de Raposópolis, o grande e sábio soberano que governa nossa comunidade.

– O que é *sobrano* e o que é *comidade*? – perguntou Botão-Brilhante.

– Não faça tantas perguntas, garotinho.

– Por quê?

– Ah, é mesmo. Por que não? – refletiu o capitão, olhando para Botão--Brilhante com admiração. – Se você não fizer perguntas, não aprenderá nada. Eu estava errado. Pensando bem, você é um menino muito inteligente, muito mesmo. Mas agora, amigos, por favor, venham comigo, pois é meu dever escoltá-los imediatamente ao palácio real.

Os soldados marcharam de volta, passando pelo arco novamente, e com eles marcharam o Homem-Farrapo, Dorothy, Totó e Botão-Brilhante. Uma vez tendo atravessado a abertura, eles encontraram uma bela cidade, grande, com várias casas de mármore espalhadas, esculpidas em belas cores. Os ornamentos eram principalmente pássaros e outras aves, como pavões, faisões, perus, tetraz-das-pradarias, patos e gansos, e sobre cada porta fora esculpida uma cabeça para representar a raposa que vivia naquela residência, e esse detalhe era bastante bonito e incomum.

Enquanto nossos amigos marchavam, algumas das raposas saíram nas varandas e sacadas para ver os estranhos. Elas estavam todas elegantemente vestidas. As meninas-raposas e as mulheres-raposas usavam vestidos de penas entrelaçadas e coloridos em tons brilhantes, o que fez Dorothy considerá-los muito artísticos e distintamente atraentes.

Botão-Brilhante olhou tanto que seus olhos ficaram grandes e redondos, e ele teria tropeçado e caído mais de uma vez, se o homem em andrajos não lhe tivesse agarrado a mão com força. Eles estavam todos entusiasmados, e Totó estava tão animado que latia a cada minuto e queria perseguir as raposas e lutar contra cada uma que avistasse, mas Dorothy segurou-lhe o pequeno corpo que saracoteava em seus braços e ordenou que ele fosse bom e se comportasse. Então ele finalmente se acalmou, como um cãozinho sábio, e percebeu que havia muitas raposas em Raposópolis para lutar com todas ao mesmo tempo.

Aos poucos, eles se aproximaram de uma grande praça, no centro da qual estava o palácio real. Dorothy soube disso imediatamente, porque havia na parte superior dos portões uma cabeça de raposa esculpida, igual à que ela vira no arco, mas esta raposa era a única que tinha uma coroa de ouro.

Havia muitos soldados-raposa guardando a porta, mas eles se curvaram para o capitão e permitiram sua entrada sem questionar. O oficial os guiou por várias salas, onde se podia ver raposas ricamente vestidas sentadas em belas cadeiras ou tomando chá, servido por criados-raposas em aventais brancos.

Mais à frente, havia uma grande porta coberta com pesadas cortinas de ouro, e ao lado dela tinha um enorme tambor. O capitão-raposa foi até o instrumento e bateu seus joelhos contra ele, primeiro um joelho e depois o outro, de modo que o tambor soou:

– Boom... boom.

– Todos vocês devem fazer exatamente o que eu fizer – ordenou o oficial.

Então o Homem-Farrapo bateu no tambor com os joelhos, assim como Dorothy e Botão-Brilhante fizeram em seguida. O menino queria continuar batendo com seus joelhos gordinhos, porque gostava do som, mas o capitão o parou. Totó não conseguia bater no tambor com os joelhos e não era esperto o suficiente para abanar o rabo contra ele, então Dorothy bateu no tambor por ele e isso o fez latir e, assim que ele emitiu o primeiro som, o capitão-raposa fez uma careta.

As cortinas douradas recuaram o suficiente em uma abertura, através da qual o homem do exército marchou com os outros. A sala ampla em que entraram era decorada com ouro e vitrais de cores esplêndidas. No canto da sala, sobre um trono de ouro ricamente esculpido, sentava-se o rei raposa, rodeado por um grupo de outras raposas, todas com grandes óculos sobre os olhos, fazendo-as parecer solenes e importantes.

Dorothy reconheceu o rei imediatamente, porque ela tinha visto sua cabeça esculpida no arco e sobre a entrada do palácio. Tendo se encontrado com vários outros reis em suas viagens, ela sabia o que fazer, e prontamente fez uma reverência diante do trono. O Homem-Farrapo curvou-se também, e Botão-Brilhante balançou a cabeça e disse "Olá".

Mais sábio e nobre potentado de Raposópolis, o capitão, dirigindo-se ao rei com uma voz pomposa, disse:

– Eu humildemente imploro para informar a Vossa Majestade que encontrei esses estranhos na estrada que leva ao vosso domínio, e, portanto, trouxe-os até aqui, como é meu dever.

– Ora, ora... – disse o rei, olhando para eles intensamente. – O que os trouxe aqui, estranhos?

– Nossas pernas, que isso seja do agrado de vossa pelagem real – respondeu o homem barbudo.

– Quais suas intenções com este lugar? – foi a próxima pergunta.

– Queremos ir embora o mais rápido possível – disse o Homem-Farrapo.

O rei não sabia sobre o ímã, é claro, mas isso o fez amar o homem na mesma hora.

– Fiquem à vontade para partirem, se assim desejarem – disse ele –, mas eu gostaria de mostrar os pontos turísticos de minha cidade e entreter seu grupo enquanto estiverem aqui. Nós nos sentimos muito honrados por ter a pequena Dorothy conosco, e agradecemos sua gentileza em nos fazer uma visita, pois qualquer país que Dorothy visitar certamente ficará famoso.

Esse discurso surpreendeu muito a menina, que perguntou:

– Como Vossa Majestade sabe meu nome?

– Ora, todo mundo conhece você, minha querida – disse o rei Dox. – Você não percebeu isso? Você tornou-se alguém importante desde que a princesa Ozma de Oz fez de você sua amiga.

– Você conhece Ozma? – ela perguntou, espantada.

– Lamento dizer que não – respondeu ele, com tristeza –, mas espero conhecê-la em breve. Você sabia que a princesa Ozma está para celebrar seu aniversário no dia 21 deste mês?

– Verdade? – disse Dorothy. – Eu não sabia disso.

– Sim, será a cerimônia real mais brilhante já realizada em qualquer cidade da Terra das Fadas e gostaria que você tentasse me conseguir um convite.

Dorothy pensou por um momento.

– Tenho certeza de que Ozma o convidaria se eu lhe pedisse – disse ela –, mas como Vossa Majestade poderia chegar à Terra de Oz e à Cidade das Esmeraldas? É uma boa distância do Kansas.

– Kansas? – ele falou, surpreso.

– Ora, sim. Estamos no Kansas agora, não estamos? – ela respondeu.

A ESTRADA PARA OZ

– Que ideia esquisita! – gritou o rei raposa, começando a rir. – O que a faz pensar que este é o Kansas?

– Eu deixei a fazenda do tio Henry cerca de duas horas atrás. Essa é a razão – disse ela, bastante perplexa

– Mas, diga-me, minha querida, você já viu uma cidade tão maravilhosa como Raposópolis no Kansas? – ele questionou.

– Não, Vossa Majestade.

– E você não viajou de Oz para o Kansas em menos de meio segundo, por meio dos Sapatos de Prata e do cinto mágico?

– Sim, Vossa Majestade! – ela reconheceu.

– Então por que você ainda está se perguntando se uma ou duas horas podem levá-la a Raposópolis, que fica mais perto de Oz do que de Kansas?

– Minha nossa! – exclamou Dorothy. – Esta é outra aventura de fadas?

– Parece que sim – disse o rei raposa, sorrindo.

Dorothy voltou-se para o Homem-Farrapo, e seu rosto estava sério e com olhar de reprovação.

– Você é um mágico? Ou algum ser feérico disfarçado? – ela perguntou. – Você fez algum encanto quando me perguntou o caminho para Butterfield?

O homem balançou a cabeça.

– Por acaso você já ouviu falar de alguma fada molambenta? – ele respondeu. – Não, Dorothy, minha querida, não sou culpado por esta jornada de forma alguma, garanto-lhe. Tem havido algo estranho comigo desde que eu recebi o Ímã do Amor, mas não sei mais sobre isso do que você. Eu não tive a intenção de lhe afastar de sua casa. Se você quiser encontrar seu caminho de volta para a fazenda, irei com você de bom grado e farei o possível para ajudá-la.

– Sem problemas! – disse a menina, pensativa. – No Kansas não há tantas coisas para se ver como aqui, e acho que tia Em não vai ficar MUITO preocupada, isto é, se eu não ficar longe por muito tempo.

– Isso mesmo – declarou o rei – acenando com a cabeça em aprovação. – Seja grata por sua sorte, seja ela qual for, se você for sábia, o que me faz lembrar que você tem um novo companheiro nesta aventura e ele parece muito inteligente e brilhante.

– Ele é – disse Dorothy, e o homem da barba desgrenhada acrescentou:

– E esse é o nome dele, Vossa Raposidade: Botão-Brilhante.

REI DOX

Foi divertido notar a expressão no rosto do rei Dox enquanto ele olhava para o menino, do chapéu de marinheiro aos sapatos grossos, e foi igualmente divertido assistir ao Botão-Brilhante encará-lo de volta. Nenhuma raposa jamais vira o rosto de uma criança tão aprazível e bela, e nenhuma criança nunca tinha ouvido uma raposa conversar, ou se encontrado com uma que se vestisse de modo tão elegante e governasse uma cidade tão grande. Lamento dizer que ninguém nunca contou ao menino sobre a existência de seres feéricos de qualquer tipo e, neste caso, fica fácil entender o quanto essa estranha experiência o assustou e o espantou.

– O que achou de nós? – perguntou o rei.

– Não sei – disse Botão-Brilhante.

– Claro que não. Acabamos de nos conhecer – respondeu Sua Majestade. – Qual você acha que é o meu nome?

– Não sei – disse Botão-Brilhante.

– Como você me chamaria? Bem, eu vou dizer a você. Meu nome de verdade é Dox, mas um rei não pode ser chamado por seu nome real, ele tem que usar um que seja oficial. Portanto, meu nome oficial é Rei Renard IV. Ren-ard, com a sílaba tônica no "Ren".

– O que é "ren"? – perguntou Botão-Brilhante.

A ESTRADA PARA OZ

– Que esperto! – exclamou o rei, virando um rosto satisfeito para seus conselheiros. – Este menino é incrivelmente inteligente. "O que é 'ren'?, ele pergunta e, claro, "ren" sozinho não quer dizer nada. Sim, ele é realmente muito brilhante.

– Essa pergunta é de uma verdadeira raposa, Vossa Majestade – disse um dos conselheiros, uma velha raposa cinza.

– E como! – declarou o rei. Voltando-se novamente para o Botão--Brilhante, ele perguntou:

– Tendo dito a você meu nome, como você me chamaria?

– Rei Dox – disse o menino.

– Por quê?

– Porque "ren" não é nada" – foi a resposta.

– Bom! Muito bom mesmo! Você certamente tem uma mente brilhante. Você sabe por que dois e dois são quatro?

– Não – disse Botão-Brilhante.

– Inteligente! Muito inteligente! Claro que você não sabe. Ninguém sabe o porquê, nós apenas sabemos que é assim, mas não conseguimos dizer por quê. Botão-Brilhante, esses cachos e olhos azuis não combinam com tanta sabedoria. Eles fazem você parccer muito jovem e escondem sua verdadeira inteligência. Portanto, eu vou lhe fazer um grande favor. Vou conferir a você a cabeça de uma raposa para que daqui em diante você pareça tão brilhante quanto realmente é.

Enquanto falava, o rei acenou com a pata em direção ao menino, e imediatamente os lindos cachos, o rosto redondo angelical e os grandes olhos azuis se foram, e em seu lugar uma cabeça de raposa apareceu sobre os ombros de Botão-Brilhante, uma cabeça peluda com focinho e orelhas pontudos e olhos pequenos.

– Oh, não faça isso! – gritou Dorothy, recuando diante do companheiro transformado com um rosto chocado e consternado.

– Tarde demais, minha querida. Está feito. Mas você também terá uma cabeça de raposa se você puder provar que é tão inteligente quanto Botão-Brilhante.

– Eu não quero. Isso é horrível! – ela exclamou e, ouvindo seu veredicto, Botão-Brilhante começou a chorar como se ainda fosse um garotinho.

31

L. Frank Baum

– Como você pode chamar essa cabeça adorável de terrível? – perguntou o rei. – Está um rosto muito mais bonito do que antes, a meu ver, e minha esposa diz que sou um bom juiz de beleza. Não chore, pequena raposa. Sorria e orgulhe-se, porque você é altamente privilegiado. Você gostou da sua nova cabeça, Botão-Brilhante?

– N-n-n-n-n-sei! – Soluçou a criança.

– Por favor, POR FAVOR, troque-a de volta, Vossa Majestade! – implorou Dorothy.

O rei Renard IV balançou a cabeça.

– Não posso – disse ele. – Mesmo se eu quisesse desfazer isso, eu não teria esse poder. Botão-Brilhante deve usar sua cabeça de raposa, e ele certamente irá amá-la assim que ele começar a usá-la.

Tanto o Homem-Farrapo quanto Dorothy ficaram sérios e ansiosos, pois eles estavam tristes por tal infortúnio ter atingido seu pequeno companheiro. Totó latiu para o menino-raposa uma ou duas vezes, sem perceber que era seu ex-amigo que agora usava a cabeça de animal, mas Dorothy deu um leve tapinha no cachorro para fazê-lo parar. Quanto às raposas, todas pareciam pensar que a nova cabeça de Botão-Brilhante era muito apropriada e que seu rei tinha conferido uma grande honra a este pequeno estranho. Foi engraçado ver o menino estender a mão para sentir seu nariz afilado e sua boca larga, e chorar novamente com pesar. Ele abanou as orelhas de forma cômica e lágrimas apareceram em seus olhinhos negros. Mas Dorothy não conseguia rir de seu amigo porque ela estava sentindo-se mal por ele.

Só então três pequenas raposas-princesas, filhas do rei, entraram na sala e, quando elas viram Botão-Brilhante, exclamaram:

– Que gracinha que ele é!

E a próxima gritou de alegria:

– Como ele é fofo!

E a terceira princesa bateu palmas com prazer e disse:

– Que lindo que ele é!

Botão-Brilhante parou de chorar e perguntou timidamente:

– Eu sou?

– Em todo o mundo não existe outro rosto mais bonito – declarou a princesinha-raposa mais velha.

– Você deveria viver conosco para sempre e ser nosso irmão – disse a outra.

– Todos nós o amaremos ternamente – disse a terceira.

Este elogio ajudou muito o menino, e ele olhou em volta tentando sorrir. Foi uma tentativa lamentável, porque o rosto de raposa estava novo e rígido, e Dorothy achou sua expressão mais estúpida do que antes da transformação.

– Acho que devemos ir agora – disse o maltrapilho, inquieto, pois ele não sabia se seria o próximo a ter a cabeça trocada pelo rei.

– Não nos deixe ainda, eu imploro – disse o rei Renard. – Eu pretendo fazer vários dias de celebração em homenagem a sua visita.

– Podem dar a festa depois de partirmos, pois não podemos esperar – disse Dorothy, decididamente.

Ao ver que isso desagradou o rei, ela acrescentou:

– Se é para eu conseguir que Ozma o convide para a festa dela, terei que encontrá-la assim que possível.

Apesar de toda a beleza de Raposópolis e dos lindos vestidos de suas habitantes, tanto a menina quanto o homem sentiam que não estavam seguros lá e ficariam felizes em chegar logo ao fim desta visita.

– Mas agora já anoiteceu – o rei os lembrou –, e vocês devem ficar conosco até de manhã, de qualquer maneira. Portanto, eu convido vocês a serem meus convidados para o jantar, e para ir ao teatro depois e sentar-se no camarote real. Amanhã de manhã, se vocês realmente insistirem nisso, podem retomar sua jornada.

Eles consentiram, e alguns dos servos-raposas os levaram a uma suíte de quartos encantadores no grande palácio. Botão-Brilhante estava com medo de ficar sozinho, então Dorothy o levou para seu próprio quarto. Enquanto uma criada-raposa arrumava o cabelo da menina, que estava um pouco emaranhado, colocando algumas fitas brilhantes e frescas nele, outra criada-raposa penteava o cabelo do rosto e da cabeça do pobre Botão-Brilhante, escovando-o com cuidado e amarrando um laço rosa em cada uma de suas orelhas pontudas.

As serviçais queriam vestir as crianças com belas fantasias com penas costuradas, assim como todas as raposas usavam, mas nenhuma delas concordou com isso.

– Um terno de marinheiro e uma cabeça de raposa não combinam muito – disse uma das criadas –, pois que eu me lembre nenhuma raposa foi marinheiro.

– Eu não sou uma raposa! – gritou Botão-Brilhante.

– Infelizmente, não – concordou a criada. – Mas você tem uma linda cabeça de raposa sob seus ombros magros, e isso é QUASE tão bom quanto ser uma raposa.

O menino, lembrado de sua desgraça, começou a chorar novamente. Dorothy o acariciou e o confortou e prometeu encontrar uma maneira de restaurar ela mesma a cabeça do amigo.

– Se conseguirmos chegar a Ozma – disse ela –, a princesa transformará você de volta em meio segundo; então use essa cabeça de raposa da forma mais confortável que puder, querido, e não se preocupe com isso. Fique sabendo que essa cabeça não é tão bonita quanto a sua, não importa o que as raposas digam. Você pode aguentar um pouco mais, não é?

– Não sei – disse Botão-Brilhante, em dúvida, mas ele não chorou mais depois disso.

Dorothy deixou as criadas prenderem fitas em seus ombros para que ficasse pronta para o jantar do rei. Assim que encontraram o Homem-Farrapo na esplêndida sala de estar do palácio, perceberam que ele estava com a mesma aparência de antes. Ele se recusara a desistir de suas roupas desgrenhadas por novas, porque se ele fizesse isso não seria mais um homem em andrajos e teria que se acostumar com seu novo eu tudo de novo, segundo ele.

Ele disse a Dorothy que havia escovado seus cabelos e bigodes, mas ela constatou que ele deveria ter escovado para o lado errado, pois eles estavam tão desgrenhados quanto antes. Já as raposas, reunidas para jantar com os estranhos, estavam muito bem vestidas, e seus vestidos suntuosos faziam com que o vestido simples de Dorothy, o terno de marinheiro de Botão-Brilhante e as roupas velhas do Homem-Farrapo parecessem comuns. Mas eles trataram seus convidados com muito respeito, e o jantar do rei foi muito bom.

As raposas, como já se sabe, gostam de frango e outras aves, então eles serviram sopa de galinha, peru assado, guisado de pato, perdiz frito, codorna grelhada e torta de ganso e, como a comida estava excelente, os convidados do rei apreciaram a refeição e comeram com gosto os vários pratos.

O grupo foi então ao teatro, onde viram uma peça representada por raposas vestidas com trajes de penas coloridas. O espetáculo era sobre uma garota-raposa que fora roubada por alguns lobos malvados e carregada para sua caverna. Quando eles estavam prestes a matá-la e devorá-la, um batalhão de soldados-raposas marchou, salvou a garota e deu um fim na vida de todos os lobos perversos.

– O que estão achando? – o rei perguntou a Dorothy.

– Muito bom – respondeu ela. – Isso me lembra as *Fábulas de Esopo*.

– Não mencione o nome Esopo para mim, eu imploro! – exclamou o rei Dox. – Eu odeio ouvir o nome daquele homem. Ele escreveu muito sobre raposas, mas sempre as descreveu como cruéis e perversas, ao passo que somos bondosas e gentis, como você pode ver.

– Mas as fábulas dele mostraram que vocês são sábias e inteligentes, e mais astutas do que outros animais – disse o homem de olhar tenro, pensativo.

– Sim, nós somos. Não há dúvida de que sabemos mais do que os homens – respondeu o rei, orgulhoso. – Mas usamos nossa sabedoria para fazer o bem, em vez de causar danos, de modo que aquele horrível Esopo não sabia do que estava falando.

Eles não o contradisseram porque achavam que o rei deveria conhecer a natureza das raposas melhor do que os homens e voltaram a assistir à peça. Botão-Brilhante estava tão interessado no enredo que pela primeira vez esqueceu que tinha uma cabeça de raposa.

Depois, eles voltaram para o palácio e dormiram em camas macias recheadas com penas, pois as raposas criavam muitas aves para se alimentar e usavam suas penas para confeccionar vestes e roupas de cama.

Dorothy perguntou-se por que os animais que vivem em Raposópolis não vestiam apenas suas próprias peles peludas, como fazem as raposas selvagens, e quando ela mencionou isso para o rei Dox, ele disse que se vestiam porque eram civilizados.

– Mas você nasceu sem roupas – observou ela – e você não parece precisar delas.

– Os seres humanos também nasceram sem roupas – respondeu ele – e até eles, que se tornaram civilizados, usavam apenas suas peles naturais. Mas tornar-se civilizado significa vestir-se tão elaborada e lindamente quanto possível e exibir suas roupas para que seus vizinhos o invejem, e é por essa razão que tanto raposas civilizadas quanto humanos civilizados passam a maior parte do tempo se vestindo.

– Eu não – declarou o Homem-Farrapo.

– Isso é verdade – disse o rei, olhando para ele com atenção –, mas talvez você não seja civilizado.

Depois de um sono profundo e uma boa noite de descanso, eles tomaram o café da manhã com o rei e depois se despediram de Sua Majestade.

– Seu povo foi muito gentil conosco, exceto com o pobre Botão-Brilhante – disse Dorothy – e nos divertimos muito em Raposópolis.

– Então – disse o rei Dox –, quem sabe você não consegue um convite para a festa de aniversário da princesa Ozma para mim.

– Vou tentar – ela prometeu – se eu a vir a tempo.

– É dia vinte e um, lembre-se – continuou ele –, e se você conseguir que eu seja convidado, encontrarei uma maneira de cruzar o Terrível Deserto para a maravilhosa Terra de Oz. Sempre quis visitar a Cidade das Esmeraldas, por isso estou certo de que foi uma grande sorte você ter chegado aqui justo agora. Assim, pode conseguir um convite da festa da princesa Ozma para mim.

– Se eu vir Ozma, vou pedir a ela que o convide – a menina respondeu.

O rei raposa preparou um delicioso almoço para eles, que o homem de vestes gastas enfiou no bolso, e em seguida o capitão raposa os escoltou até um arco do lado oposto àquele pelo qual eles tinham entrado. Lá, eles encontraram mais soldados guardando a estrada.

– Você tem medo de inimigos? – perguntou Dorothy.

A ESTRADA PARA OZ

– Não, porque somos vigilantes e capazes de nos proteger – respondeu o capitão. – Mas esta estrada leva a outra aldeia povoada por grandes bestas estúpidas que poderiam nos causar problemas se pensassem que estamos com medo deles.

– Que bestas são essas? – perguntou o homem.

O capitão hesitou em responder e, finalmente, disse:

– Você aprenderá tudo sobre eles quando chegar à cidade. Mas não fiquem com medo deles. Botão-Brilhante é tão maravilhosamente inteligente e tem agora um rosto tão sábio, que tenho certeza de que vai conseguir encontrar uma maneira de protegê-los.

Isso deixou Dorothy e o Homem-Farrapo bastante inquietos, pois não tinham tanta confiança na sabedoria do menino-raposa quanto o capitão parecia ter, e como durante sua escolta não disse mais nada sobre os animais, eles despediram-se e continuaram a jornada.

A FILHA DO ARCO-ÍRIS

Totó, agora com permissão para correr como bem entendesse, estava feliz por ser livre novamente para latir para os pássaros e perseguir as borboletas. O país ao redor era encantador, mas nos bonitos campos de flores silvestres e bosques de árvores frondosas não havia casas, ou sinal de quaisquer habitantes. Pássaros voavam pelo ar e astutos coelhos brancos disparavam entre a grama alta e arbustos verdes. Dorothy notou até mesmo as formigas labutando ativamente ao longo da estrada, carregando cargas gigantescas de sementes de trevo, mas pessoa ela não avistou nenhuma.

Eles caminharam rapidamente por uma ou duas horas, pois até mesmo o pequeno Botão-Brilhante era um bom andarilho e não se cansou facilmente. Depois de algum tempo, assim que eles viravam uma curva na estrada, tiveram logo à sua frente uma visão curiosa.

Uma menina, radiante e bonita, com a aparência de uma fada, e elegantemente vestida, estava dançando graciosamente no meio da estrada solitária, girando lentamente para um lado e para o outro, com pés delicados que cintilavam de forma alegre. Ela estava vestida com mantos fluidos e fofos, de material macio, que lembrava a Dorothy teias de aranha, porém coloridos em tons suaves de violeta, rosa, topázio, oliva, azul-celeste e branco, misturados harmoniosamente em listras que que se fundiam uma à outra com gradações suaves. Seu cabelo era como fios de ouro e fluíam

A ESTRADA PARA OZ

em torno dela como uma nuvem, e nenhum fio estava amarrado ou preso por grampos, ornamentos ou fitas.

Admirados, nossos amigos aproximaram-se e ficaram assistindo àquela dança fascinante. A menina não era mais alta que Dorothy, embora fosse mais esguia, e também não parecia mais velha que a nossa pequena heroína.

De repente, ela fez uma pausa e abandonou a dança, como se fosse a primeira vez que observasse a presença de estranhos. Quando ela os encarou, tímida como um cervo assustado, equilibrando-se em um pé como se fosse voar no próximo instante, Dorothy ficou surpresa ao ver lágrimas escorrendo de seus olhos violetas por suas lindas bochechas rosadas. O fato de aquela jovem delicada poder dançar e chorar ao mesmo tempo era surpreendente, e Dorothy então perguntou com uma voz suave e simpática:

– Você está infeliz, garotinha?

– Muito! – foi a resposta. – Eu estou perdida.

– Ora, nós também estamos – disse Dorothy, sorrindo. – Mas não estamos chorando por isso.

– Não estão? Por que não?

– Porque já me perdi antes e sempre fui encontrada de novo – respondeu Dorothy com naturalidade.

– Mas eu nunca me perdi antes – murmurou a delicada garotinha – e estou preocupada e com medo.

– Você estava dançando – comentou Dorothy, em um tom de voz intrigado.

– Oh, isso era apenas para me aquecer – explicou a moça, rapidamente.

– Não era porque estava alegre ou contente, garanto-lhe.

Dorothy olhou para ela com atenção. Suas vestes esvoaçantes transparentes podiam não ser muito quentes, mas o clima não estava nada frio, e sim ameno, como um dia de primavera.

– Quem é você, querida? – ela perguntou, gentilmente.

– Sou Policromia – foi a resposta.

– Polly quem?

– Policromia. Sou a filha do Arco-íris.

– Oh! – disse Dorothy com uma arfada. – Eu não sabia que o Arco-íris tinha filhos. Mas eu DEVERIA saber disso, antes que falasse, pois você não poderia ser senão dessa forma.

– Por que não? – perguntou Policromia, como que surpresa.

– Porque você é adorável e doce.

A pequenina sorriu em meio às lágrimas, aproximou-se de Dorothy e colocou os dedos finos na mão gordinha da garota do Kansas.

– Vocês são meus amigos, não são? – disse, suplicante.

– Claro.

– E qual é seu nome?

– Eu sou Dorothy, este é meu amigo, Homem-Farrapo, que possui o Ímã do Amor, e este é Botão-Brilhante, mas você não o está vendo com sua verdadeira aparência porque o rei raposa negligentemente mudou-lhe a cabeça para uma de raposa. Mas o verdadeiro Botão-Brilhante é bonito de olhar, e espero que torne a ser o que era, em algum momento.

A filha do Arco-íris acenou com a cabeça alegremente, não mais com medo de seus novos companheiros.

– E quem é esse? – perguntou, apontando para Totó, que estava sentado diante dela, abanando o rabo da maneira mais amigável e admirando a bela garota com seus olhos brilhantes. – Ele também é alguma pessoa encantada?

– Oh, não, Polly, posso chamá-la de Polly, não é? Seu nome completo é extremamente difícil de dizer.

– Pode me chamar de Polly se quiser, Dorothy.

– Bem, Polly, Totó é apenas um cachorro, mas ele tem mais bom senso do que Botão-Brilhante, para ser franca. E eu gosto muito dele.

– Eu também – disse Policromia, curvando-se graciosamente para dar um tapinha na cabeça de Totó.

– Mas como a filha do Arco-íris se perdeu e veio parar nesta estrada solitária? – perguntou o homem descabelado, que ouviu com admiração tudo isso.

– Ora, meu pai estendeu seu arco-íris aqui esta manhã, e uma ponta dele tocou esta estrada – foi a resposta. – E eu estava dançando sobre os lindos raios, como adoro fazer, e não percebi que estava me distanciando muito da curva do aro. De repente, comecei a deslizar cada vez mais rápido até que finalmente bati no chão. Só então meu pai ergueu o arco-íris novamente, sem perceber minha presença e, embora eu tivesse tentado

A ESTRADA PARA OZ

agarrar o final dele e segurar firme, ele derreteu-se completamente e eu fui deixada sozinha e indefesa nesta terra dura e fria.

– Não estou sentindo frio, Polly – disse Dorothy. – Talvez você não esteja muito bem agasalhada.

– Estou tão acostumada a viver perto do Sol – respondeu a filha do Arco-íris –, que no começo temi que fosse congelar aqui, mas minha dança tem me aquecido um pouco, e agora estou pensando em como poderei voltar para casa novamente.

– Seu pai não vai sentir sua falta, procurá-la e descer outro arco-íris para você?

– Talvez sim, mas ele está ocupado agora porque chove em muitas partes do mundo nesta temporada, e ele tem que colocar seu arco-íris em muitos lugares diferentes. O que você me aconselharia a fazer, Dorothy?

– Venha conosco – foi a resposta. – Vou tentar encontrar meu caminho para a Cidade das Esmeraldas, que fica na Terra das Fadas de Oz. A Cidade das Esmeraldas é governada por uma amiga minha, a princesa Ozma, e se conseguirmos chegar lá, tenho certeza de que ela saberá uma maneira de mandar você para casa, de volta para o seu pai.

– Você acha mesmo? – perguntou Policromia, ansiosa.

– Eu tenho certeza.

– Então eu irei com vocês – disse a garota –, viajar vai ajudar a me manter aquecida, e meu pai pode me encontrar em qualquer parte do mundo, se ele tiver tempo para procurar por mim.

– Venha, então – disse o maltrapilho, alegremente.

E eles começaram sua jornada mais uma vez. Polly caminhou ao lado de Dorothy por um tempo, segurando a mão de sua nova amiga como se temesse perdê-la, mas sua natureza parecia leve e flutuante como suas vestes felpudas, pois de repente ela se lançou à frente e girou em uma dança vertiginosa. Então ela retornou para perto deles com olhos brilhantes e bochechas sorridentes, tendo recuperado o seu bom humor habitual e esquecido de toda sua preocupação em estar perdida. Eles a acharam uma companhia encantadora, com sua dança e risos, pois às vezes ela ria como o tilintar de um sino de prata com a intenção de animar sua jornada e mantê-los contentes.

A CIDADE DAS BESTAS

Quando deu meio-dia, eles abriram a cesta de almoço do rei raposa e encontraram um peru assado com molho de *cranberry* e algumas fatias de pão com manteiga. Sentaram-se na grama, à beira da estrada, e o homem esfarrapado cortou a ave com seu canivete e passou as fatias para cada um deles.

– Não tem gotas de orvalho, bolos de névoa ou pãezinhos de nuvens? – perguntou Policromia, saudosamente.

– Claro que não! – respondeu Dorothy. – Comemos coisas sólidas aqui embaixo, na terra, mas tem uma garrafa de chá gelado ali. Que tal experimentar um pouco?

A filha do Arco-íris observou Botão-Brilhante a devorar uma perna do peru.

– Isso é bom? – ela perguntou.

Ele assentiu.

– Você acha que eu poderia comê-lo?

– Este aqui não – disse Botão-Brilhante.

– Quero dizer outro pedaço.

– Não sei – respondeu ele.

A ESTRADA PARA OZ

– Bem, vou tentar, porque estou com muita fome – argumentou ela, pegando uma fina fatia de peito de peru que o Homem-Farrapo cortou para ela, e também um pouco de pão com manteiga. Quando provou, Policromia gostou do peru, mais até do que bolos de névoa. Ela comeu um pouquinho, somente para satisfazer sua fome, e terminou com um pequeno gole de chá frio.

– Isso é tanto quanto uma mosca comeria – disse Dorothy, que ainda se fartava. – Mas conheço algumas pessoas em Oz que não comem nada mesmo.

– Quem são elas? – perguntou o homem.

– Um é o Espantalho, recheado de palha, e o outro, um lenhador feito de estanho. Eles não têm nenhum apetite, então nunca comem absolutamente nada.

– Eles estão vivos? – perguntou Botão-Brilhante.

– Ah, sim – respondeu Dorothy –, e são muito inteligentes e simpáticos também. Quando chegarmos a Oz, irei apresentá-los a vocês.

– Você realmente espera chegar a Oz? – perguntou o homem que detinha o Ímã do Amor, tomando um gole de chá frio.

– Não sei exatamente o que esperar – respondeu a criança, séria. – Mas percebi que, se por acaso me perder, tenho quase certeza de que, no final, irei chegar à Terra de Oz, de qualquer forma, então provavelmente chegarei lá desta vez.

– Mas não posso prometer. Tudo o que posso fazer é esperar para ver.

– O Espantalho vai me assustar? – perguntou Botão-Brilhante.

– Não, porque você não é um corvo – ela respondeu. – Ele tem o sorriso mais cativante de todos, só que está pintado em seu rosto, por isso ele não consegue evitá-lo.

Terminado o almoço, eles recomeçaram a jornada, com o Homem--Farrapo, Dorothy e Botão-Brilhante caminhando sobriamente, lado a lado, e a filha do Arco-íris dançando alegremente à frente deles.

Às vezes, ela se lançava ao longo da estrada tão rapidamente que quase era perdida de vista, e então voltava tropeçando com seu sorriso cintilante para encontrá-los. Assim que ela voltou, já mais calma, disse:

– Há uma cidade próxima daqui.

– Já sabíamos disso – respondeu Dorothy –, pois o povo de Raposópolis nos avisou que haveria uma cidade nesta estrada e que estaria cheia de algum tipo de bestas estúpidas, mas que não deveríamos temê-las, pois não nos machucarão.

– Tudo bem – disse Botão-Brilhante, mas Policromia não sabia se estava realmente tudo bem ou não.

– É uma cidade grande – disse ela – e a estrada passa direto por ela.

– Não há o que temer – disse o homem desalinhado. – Enquanto eu estiver carregando o Ímã do Amor, cada ser vivo me amará, e vocês podem ter certeza de que não permitirei que qualquer um dos meus amigos seja prejudicado de alguma forma.

Isso os confortou um pouco, e eles seguiram em frente novamente. Pouco tempo depois, chegaram a um poste de sinalização que dizia:

OITOSENTOS QUILÔMETRO ATÉ BURROLÂNDIA

– Oh – disse o homem –, se são burros, não temos nada a temer.

– Eles podem dar coices – disse Dorothy, em dúvida.

– Então, vamos cortar algumas varas para fazê-los se comportar – respondeu ele.

Na primeira árvore, cortou para si uma vara longa e delgada de um dos ramos e algumas mais curtas para os outros.

– Não tenham medo de dar ordens aos animais – disse. – Eles servem para isso.

Em pouco tempo, a estrada os levou aos portões da cidade. Lá, avistaram um muro alto, recém-caiado, e o portão diante de nossos viajantes era apenas uma abertura no muro, sem grades ou algo do tipo. Nenhuma torre, campanário ou cúpula podia ser vista da muralha, ou qualquer coisa viva à medida que nossos amigos se aproximavam.

De repente, quando estavam prestes a entrar ousadamente pela abertura, o som de um clamor áspero cresceu e ecoou por todos os lados, até quase ensurdecer os viajantes, que tiveram de tapar os ouvidos para abafar o barulho.

A ESTRADA PARA OZ

Era como o disparo de muitos canhões, mas não havia balas ou outros mísseis à vista. Era como o estrondo de poderosos trovões, mas não havia nenhuma nuvem no céu. Era como o rugido de incontáveis ondas em uma costa rochosa, mas não havia mar ou água em qualquer lugar.

A princípio, hesitaram em avançar, mas como o barulho não lhes fez mal, resolveram entrar na cidade pela muralha caiada, e rapidamente descobriram a causa da turbulência. Lá dentro estavam suspensas muitas folhas de estanho ou ferro fino, e contra essas placas de metal uma fileira de burros batiam os cascos com coices violentos.

O homem mal-ajeitado correu até o burro mais próximo e deu no animal uma açoitada com a vara.

– Pare com esse barulho! – ele gritou, e o burro parou de coicear a folha de metal e virou a cabeça para olhar com surpresa para o homem. Ele açoitou o próximo burro e o fez parar, e então fez o mesmo com o seguinte, de modo que gradualmente o barulho terrível dos metais cessasse. Os burros formaram um grupo e olharam para os estranhos com medo e tremor.

– O que vocês pretendem com todo esse barulho? – perguntou o Homem-Farrapo, severamente.

– Estávamos assustando as raposas – disse um dos burros, mansamente.

– Normalmente, elas saem correndo quando ouvem o barulho. Isso as deixa apavoradas.

– Não há raposas aqui – disse o homem.

– Receio ter de discordar de você. Há uma entre vocês – respondeu o burro, sentado sobre as patas traseiras e agitando um casco em direção a Botão-Brilhante. – Nós o vimos chegando e pensamos que todo o exército de raposas estivesse marchando para nos atacar.

– Botão-Brilhante não é uma raposa – explicou o homem despenteado. – Ele só está usando uma cabeça de raposa por um tempo, até poder ter sua própria cabeça de volta.

– Oh, entendo – comentou o burro, agitando a orelha esquerda pensativamente. – Sinto muito por termos cometido tal engano, tivemos todo esse trabalho e preocupação por nada.

45

Os outros burros a esta altura estavam sentados e examinavam os estranhos com olhos grandes e vidrados. Eles tinham aparência um pouco esquisita, pois usavam colarinhos brancos bem largos e cheios de ondulações, e pontas em volta do pescoço. Os cavalheiros burros usavam chapéus pontiagudos entre suas grandes orelhas, e as damas burras usavam chapéus de sol com orifícios na parte superior para as orelhas. Mas eles não tinham nenhuma outra roupa, exceto as peles peludas, embora muitos usassem braceletes de ouro e prata nas patas da frente e faixas de diferentes metais nos tornozelos.

No momento em que coiceavam, apoiavam-se nas patas dianteiras, mas agora todos estavam sentados ou em pé, eretos sobre as patas traseiras e usavam as dianteiras como braços. Sem dedos ou mãos, as bestas eram um tanto desajeitadas, como se pode imaginar, mas Dorothy ficou surpresa ao observar quantas coisas podiam fazer com os cascos rígidos e pesados.

Alguns burros eram brancos, outros, marrons, cinzentos, pretos ou manchados, mas os pelos eram lustrosos e macios. As golas largas, e os chapéus que usavam, atribuíam-lhes uma aparência elegante, embora extravagante.

– Devo dizer que esta é uma ótima maneira de receber visitantes! – comentou o homem de roupas gastas, em tom de censura.

– Oh, não pretendíamos ser indelicados – respondeu um burro cinzento que ainda não tinha se pronunciado. – Mas não estávamos aguardando sua chegada, e vocês também não nos enviaram cartões anunciando sua vinda, como é apropriado fazer.

– Há alguma verdade nisso – admitiu o homem. – Mas agora que já estão informados de que somos viajantes importantes e ilustres, espero que nos concedam a devida consideração.

Essas magníficas palavras encantaram os burros e os fizeram reverenciar o Homem-Farrapo com grande respeito. E então, disse o cinzento:

– Você será levado diante de Sua Grande e Gloriosa Majestade, o rei Casco-Zurro, que irá cumprimentá-lo enquanto eleva sua posição.

– Isso mesmo – respondeu Dorothy. – Leve-nos a alguém que sabe alguma coisa.

A ESTRADA PARA OZ

– Oh, todos nós sabemos de algo, minha criança, ou não seríamos burros – afirmou o cinzento, com dignidade. – A palavra "burro" significa "inteligente", como você já deve saber.

– Eu não sabia – respondeu ela. – Pensei que significasse "estúpido".

– De forma alguma, minha criança. Se você olhar na Enciclopédia Equiniara você descobrirá que estou correto. Mas venha, eu mesmo guiarei vocês até o mais intelectual de todos, nosso esplêndido e elevado governante.

Todos os burros adoram palavras difíceis, por isso não é de admirar que o cinzento usasse muitas delas.

A TRANSFORMAÇÃO DO HOMEM-FARRAPO

No caminho, eles perceberam que as casas da cidade eram baixas, quadradas e construídas de tijolos, todas cuidadosamente caiadas de branco por dentro e por fora. As habitações não foram construídas em fileiras, formando ruas regulares, mas colocadas aqui e ali, ao acaso, de uma maneira que tornava intrigante para um estranho encontrar seu caminho.

– Pessoas estúpidas precisam ter ruas e casas numeradas em suas cidades para guiá-las para onde desejarem ir – observou o burro cinzento, enquanto caminhava com os visitantes em suas patas traseiras, de uma maneira estranha, porém cômica –, mas burros espertos sabem o que fazer sem essas sinalizações absurdas. Além disso, uma cidade mista é muito mais bonita do que uma com ruas retas.

Dorothy não concordou com isso, mas nada disse, para não contrariá-lo. Em seguida, ela viu uma placa em uma casa que dizia:

MADAME DE FAYKE, CASCOMANTE

E ela perguntou ao seu guia:
– O que seria uma "cascomante"?

A ESTRADA PARA OZ

– Aquele que lê sua fortuna em seus cascos – respondeu o burro cinzento.

– Oh, entendo – disse a menina. – Vocês são bastante civilizados aqui.

– Burrolândia – respondeu ele – é o centro do mundo da civilização mais elevada.

Eles chegaram a uma casa onde dois burros jovens estavam pintando a parede de branco, e Dorothy parou por um momento para observá-los. Eles mergulhavam as pontas de seus rabos, que eram muito parecidos com pincéis, em um balde de cal, apoiavam-se na casa, e sacudiam suas caudas para direita e para esquerda até que a cal fosse completamente esfregada na parede, depois eles mergulhavam esses pincéis engraçados no balde novamente e repetiam a performance.

– Isso deve ser divertido – disse Botão-Brilhante.

– Não. Isso é trabalho – respondeu o velho burro. – Mas colocamos os jovens para fazer o trabalho de caiação para mantê-los longe de travessuras.

– Eles não vão para a escola? – perguntou Dorothy.

– Todos os burros já nascem sábios – foi a resposta. – Então a única escola de que necessitamos é a experiência. Livros são apenas para aqueles que não conhecem nada, e por isso são obrigados a aprender coisas com outras pessoas.

– Em outras palavras, quanto mais estúpida uma pessoa é, mais ela acha que sabe – observou o homem descabelado. Mas o burro cinzento não deu atenção a esse discurso, porque ele tinha acabado de parar diante de uma casa com um par de cascos pintados acima da porta, com um rabo de burro entre eles e uma coroa e um cetro acima.

– Vou verificar se Sua Magnífica Majestade, o rei Casco-Zurro, está em casa – disse ele.

O burro então ergueu a cabeça e gritou *"Hi-hoo! Hi-hoo! Hi-hoo!"* três vezes, com uma voz impactante, virando-se e coiceando com seus calcanhares contra a madeira. Por algum tempo, não houve resposta. Então a porta se abriu o suficiente para que uma cabeça de burro se projetasse e olhasse para eles. Era uma cabeça branca, com orelhas grandes e horríveis, e olhos redondos e solenes.

– As raposas foram embora? – perguntou, com uma voz trêmula.

– Eles não estiveram aqui, Majestade Estupenda – respondeu o cinzento.

– Os recém-chegados provaram ser viajantes distintos.

– Oh – disse o rei, em um tom de voz aliviado. – Deixe-os entrar.

Ele abriu a porta, e o grupo marchou para uma grande sala, que Dorothy observou ser muito diferente do palácio de um rei. Havia esteiras de sisal no chão e o lugar estava limpo e arrumado, mas Sua Majestade não tinha outra mobília, talvez porque ele não precisasse disso. Ele se agachou no centro da sala, e um pequeno burro marrom entrou correndo, trazendo uma grande coroa de ouro que colocou na cabeça do monarca, junto com um bastão de ouro que ostentava uma bola repleta de joias na ponta, o qual o rei segurou entre os cascos dianteiros enquanto se sentava ereto.

– Agora então – disse sua majestade, balançando as longas orelhas suavemente para lá e para cá – digam-me por que estão aqui e o que esperam que eu faça por vocês – olhando Botão-Brilhante de forma bastante brusca, como se estivesse com medo do menino com a cabeça esquisita, embora fosse o Homem-Farrapo quem se encarregara de responder.

– Mais nobre e supremo governante de Burrolândia – disse ele, tentando não rir do rosto solene do rei –, somos meros estranhos viajando por seus domínios. Adentramos sua esplendorosa cidade pelo simples motivo de ser esta a estrada pela qual passávamos em tal circunstância e de não haver uma forma de contorná-la. Tudo o que desejamos é prestar nosso respeito a Vossa Majestade, certamente o rei mais inteligente de todo o mundo, e depois continuar nosso caminho.

Esse discurso polido agradou muito ao rei; na verdade, isso o agradou tanto, que se revelou um discurso infeliz para o Homem-Farrapo.

Possivelmente o Ímã do Amor o ajudou a ganhar o afeto de Sua Majestade, bem como o lisonjeio, mas o que quer que tenha sido fez o burro branco olhar com benevolência o homem e dizer:

– Somente um burro deveria ser capaz de usar palavras tão belas e difíceis, e você é sábio e estupendo demais para ser um mero homem. Além disso, sinto que o amo tanto quanto amo meu próprio povo, então vou conceder a você o maior presente a meu alcance: uma cabeça de burro.

Enquanto falava, o rei balançava seu cajado enfeitado com joias de tal forma que a tentativa do homem de gritar e dar um pulo para trás com o

A ESTRADA PARA OZ

intuito de escapar do feitiço foi inútil. De repente, sua cabeça havia desaparecido, e uma de burro apareceu no lugar dela, uma cabeça desgrenhada e marrom, tão absurda e divertida que Dorothy e Polly caíram na gargalhada, e até mesmo Botão-Brilhante esboçou um sorriso em seu rosto de raposa.

– Meu Deus! Meu Deus! – gritou o homem esfarrapado, sentindo a nova cabeça e suas orelhas compridas. – Que desgraça! Que grande desgraça! Devolva minha cabeça, seu rei estúpido, se você me ama mesmo!

– Você não gostou? – perguntou o rei, surpreso.

– *Hi-hoo!* Eu odiei! Tire isso de mim, rápido! – disse o homem.

– Mas não posso fazer isso – foi a resposta. – Minha magia funciona apenas de uma maneira. Eu posso FAZER coisas, mas não posso DESFAZÊ-LAS. Você terá que encontrar a Lagoa da Verdade e banhar-se em suas águas para recuperar sua cabeça. Mas eu o aconselho a não fazer isso, pois essa cabeça é muito mais bonita que a anterior.

– É uma questão de gosto – disse Dorothy.

– Onde fica a Lagoa da Verdade? – perguntou o homem com cabeça de burro, seriamente.

– Em algum lugar na Terra de Oz, mas a localização exata dela eu não sei dizer – foi a resposta.

– Não se preocupe, Farrapo – disse Dorothy sorrindo, porque seu amigo tinha abanado suas novas orelhas de forma cômica. – Se a Lagoa da Verdade estiver em Oz, nós vamos nos certificar de encontrá-la quando chegarmos lá.

– Oh! Vocês estão indo para a Terra de Oz? – perguntou o rei Casco-Zurro.

– Não sei – respondeu ela. – Só o que sei é que estamos mais perto da Terra de Oz do que do Kansas e, se for assim, a maneira mais rápida para eu voltar para casa é encontrando Ozma.

– *Hi-hoooo!* Você conhece a poderosa princesa Ozma? – perguntou o rei, em um tom surpreso e ansioso.

– Claro que sim! Ela é minha amiga – disse Dorothy.

– Então talvez você possa me fazer um favor – continuou o burro branco, muito animado.

– E o que seria? – ela perguntou.

– Talvez você possa me arranjar um convite para o aniversário da princesa Ozma, que será a maior cerimônia real já realizada na Terra das Fadas. Eu adoraria ir.

– *Hi-hoooo*! Você merecia uma punição, ao invés de uma recompensa, por colocar-me esta cabeça horrível – disse o homem desgrenhado, tristemente.

– Gostaria que você não dissesse tanto "*Hi-hoooo*" – implorou Policromia. – Isso faz calafrios correrem pelas minhas costas.

– Mas eu não posso evitar, minha querida. Minha cabeça de burro quer zurrar sem parar – ele respondeu. – Sua cabeça de raposa não quer regougar a cada minuto? – ele perguntou a Botão-Brilhante.

– Não sei – disse o menino, ainda olhando para as orelhas do homem. Estas pareciam entreter o pequeno marinheiro, e isso o fez esquecer da própria cabeça de raposa por um momento, o que para ele era um conforto.

– O que você acha, Polly? Devo prometer ao rei burro um convite para a festa de Ozma? – perguntou Dorothy à filha do Arco-íris, que estava voando pela sala como um raio de sol, porque ela nunca podia ficar parada.

– Faça o que quiser, querida – respondeu Policromia. – Ele pode ajudar a divertir os convidados da princesa.

– Então, se nos oferecer um jantar e um lugar para dormir esta noite, vamos começar nossa jornada amanhã logo cedo – disse Dorothy ao rei. – Vou pedir a Ozma que o convide, se eu conseguir ir para Oz.

– Bom! *Hi-hoooo*! Excelente! – gritou Casco-Zurro, muito satisfeito. – Vocês todos terão jantares finos e camas boas. Que comida vocês preferem: um purê de farelo ou aveia madura na casca?

– Nenhum dos dois – respondeu Dorothy prontamente.

– Talvez feno simples ou alguma grama doce e suculenta iria lhe apetecer – sugeriu Casco-Zurro, pensativo.

– Isso é tudo que se tem para comer? – perguntou a garota.

– O que mais você deseja?

– Bem, como pode ver, não somos burros – explicou ela. – E por isso estamos acostumados a outros alimentos. As raposas nos deram um bom jantar em Raposópolis.

A ESTRADA PARA OZ

– Gostaríamos de algumas gotas de orvalho e bolos de névoa – disse Policromia.

– Eu prefiro maçãs e um sanduíche de presunto – declarou o Homem-Farrapo – pois embora eu tenha uma cabeça de burro, ainda tenho estômago humano.

– Eu quero uma torta – disse Botão-Brilhante.

– Acho que um pouco de bife e bolo de chocolate em camadas teria um gosto melhor – disse Dorothy.

– *Hi-hoooo*! Minha nossa! – exclamou o rei. – Parece que cada um de vocês quer uma comida diferente. Como as criaturas vivas são esquisitas, com exceção dos burros!

– E burros como vocês são os mais esquisitos de todos – riu Policromia.

– Bem – decidiu o rei –, suponho que meu Cetro Mágico possa produzir as coisas que vocês desejam, se falta bom gosto não é minha culpa.

Com isso, ele balançou seu bastão com a bola de joias, e diante deles instantaneamente apareceu uma mesa de chá, posta com uma toalha de linho e pratos bonitos, sobre a qual estavam exatamente as coisas que cada um tinha desejado. O bife de Dorothy estava quente demais, e as maçãs do Homem-Farrapo eram roliças e rosadas. O rei não tinha pensado em fornecer cadeiras, então eles ficaram em pé em ao redor da mesa e se fartaram, pois estavam todos com fome. A filha do Arco-íris viu que havia três pequenas gotas de orvalho em um prato de cristal, e Botão-Brilhante tinha uma grande fatia de torta de maçã, que devorou avidamente.

Depois, o rei mandou chamar o burro marrom, que era seu servo, e ordenou que conduzisse seus convidados para a casa vazia onde eles deveriam passar a noite. Lá, havia apenas um cômodo e nenhum mobiliário, exceto pelas camas de palha limpa e algumas esteiras de sisal, mas nossos viajantes ficaram contentes com essas coisas simples porque perceberam que era o melhor que o rei burro tinha para lhes oferecer. Assim que escureceu, deitaram nas esteiras e dormiram confortavelmente até de manhã.

Ao amanhecer, houve um barulho terrível em toda a cidade. Cada burro do lugar começou a zurrar e, quando o homem com andrajos ouviu, acordou em um pulo e gritou "*Hi-hoooo!*" tão alto quanto pôde.

L. Frank Baum

– Pare com isso! – disse Botão-Brilhante, em um tom zangado. E Dorothy e Polly olharam para o homem com censura.

– Não pude evitar, meus queridos – disse, como se estivesse envergonhado de seu zurro. – Mas vou tentar não fazer isso de novo.

Claro que o perdoaram, pois como ele ainda tinha o Ímã do Amor em seu bolso, todos eram obrigados a amá-lo na mesma intensidade que antes.

Eles não viram o rei novamente, mas Casco-Zurro lembrou-se deles, pois uma mesa apareceu novamente em cada quarto com a mesma comida da noite anterior.

– Não quero torta para o café da manhã – disse Botão-Brilhante.

– Vou lhe dar um pouco do meu bife – propôs Dorothy. – Há bastante para todos nós.

Isso agradou bem mais ao menino. O homem de cabelos desalinhados, por sua vez, disse que estava contente com suas maçãs e sanduíches, embora ele tivesse terminado a refeição comendo a torta que Botão-Brilhante declinou. Polly, porém, gostava mais de suas gotas de orvalho e bolos de névoa do que qualquer outro alimento, então todos desfrutaram de um excelente café da manhã. Totó ficou com as sobras do bife que Dorothy oferecia a ele sempre que o animal pedia ao ficar em pé, apoiando-se nas patas dianteiras.

O café da manhã terminou e eles atravessaram a aldeia pelo lado oposto àquele pelo qual entraram, com o servo-burro marrom guiando-os pelo labirinto de casas espalhadas. E lá estava a estrada novamente, levando para longe em direção a um país desconhecido.

– Rei Casco-Zurro disse para você não se esquecer de seu convite – disse o burro marrom, ao passarem pela abertura na parede.

– Não esquecerei – prometeu Dorothy.

Talvez ninguém jamais tivesse visto um grupo mais estranhamente diversificado do que este que agora caminhava ao longo da estrada, passando por lindos campos verdes e por bosques de folhosas aroeiras, salsas e mimosas boreais. Policromia, com suas belas vestes transparentes flutuando a seu redor como uma nuvem de arco-íris, ia à frente, dançando para a frente e para trás e correndo aqui para colher uma flor silvestre ou ali para assistir a um besouro rastejar em seu caminho. Totó corria

A ESTRADA PARA OZ

atrás dela às vezes, latindo alegremente, para logo em seguida conter-se e voltar para perto da garotinha do Kansas que andava segurando a mão de Botão-Brilhante.

O pequenino, com sua cabeça de raposa coberta por um gorro de marinheiro era estranho de se ver, mas talvez o mais esdrúxulo fosse o Homem-Farrapo, que vinha mais atrás arrastando os pés com a cabeça de burro desgrenhada e as mãos enfiadas no fundo de seus bolsos largos.

Ninguém do grupo estava realmente infeliz. Todos estavam perdidos em uma terra desconhecida e havia sofrido maior ou menor aborrecimento e desconforto, mas eles perceberam que estavam tendo uma aventura em um país de fadas, e estavam muito interessados em descobrir o que aconteceria a seguir.

O MUSICISTA

Por volta do meio-dia, eles começaram a subir uma longa colina. Aos poucos, ela foi se inclinando em direção a um vale bonito, onde os viajantes viram, para sua surpresa, uma pequena casa ao lado da estrada.

Como foi a primeira casa que viram, eles correram para o vale para descobrir quem morava lá. A princípio, ninguém estava à vista, mas quando chegaram mais perto da casa ouviram sons estranhos vindos dela. Eles não conseguiram decifrar o barulho, mas conforme ficavam mais altos, nossos amigos pensavam ter ouvido uma espécie de música estridente como aquela produzida por órgão de barril. A música ressoou sobre seus ouvidos da seguinte forma:

Tiddle-widdle-iddle oom pom-pom!
Oom, pom-pom! oom, pom-pom!
Tiddle-tiddle-tiddle oom pom-pom!
Oom, pom-pom - pah!

– O que é isso, uma banda ou uma gaita de boca? – perguntou Dorothy.
– Não sei – disse Botão-Brilhante.
– Parece um fonógrafo obsoleto – disse o homem, levantando suas orelhas enormes para ouvir.

A ESTRADA PARA OZ

– Oh, simplesmente NÃO tem como haver fonógrafo na Terra das Fadas! – gritou Dorothy.

– É bem bonito, não é? – perguntou Policromia, tentando dançar conforme a melodia.

Tiddle-widdle-iddle, oom pom-pom,
Oom pom-pom; oom pom-pom!

A música vinha aos seus ouvidos mais distintamente à medida que se aproximavam da casa. Agora, já era possível ver um homenzinho gordo sentado em um banco em frente à porta. Ele trajava um uniforme de banda marcial, com uma jaqueta vermelha que ia até a cintura, um colete azul e uma calça branca com listras douradas nas laterais.

Em sua careca estava um pequeno chapéu redondo e vermelho mantido no lugar por um elástico de borracha sob o queixo. Seu rosto era redondo, os olhos eram azuis desbotados e ele usava luvas de algodão brancas. O homem apoiava-se em uma forte bengala com a empunhadura de ouro e inclinou-se para a frente em seu assento e assistir aos visitantes se aproximarem.

Curiosamente, os sons musicais que ouviam pareciam vir de dentro do próprio gordo, pois ele não estava interagindo com nenhum objeto, tampouco havia algum instrumento perto dele.

Ao se aproximarem, eles ficaram em fila, olhando para o homem, que os encarava de volta enquanto os estranhos sons continuavam vindo dele:

Tiddle-iddle-iddle, oom pom-pom,
Oom, pom-pom; oom pom-pom!
Tiddle-widdle-iddle, oom pom-pom, ·
Oom, pom-pom - pah!

– Ora, ele é um típico musicista! – disse Botão-Brilhante.

– O que é um musicista? – perguntou Dorothy.

– Ele! – disse o menino.

Ao ouvir isso, o gordo sentou-se em sua cadeira um pouco mais rígido do que antes, como se tivesse recebido um elogio, e os sons continuavam:

Tiddle-widdle-iddle, oom pom-pom,
Oom pom-pom, oom

– Pare! – gritou o homem mal-ajambrado, seriamente. – Pare com esse barulho terrível.

O gordo olhou para ele com tristeza e iniciou sua réplica. Quando ele começou a falar, a melodia mudou e as palavras pareciam acompanhar as notas. Ele disse, ou melhor, cantou:

Não é um barulho que você escuta,
Mas música, harmônica e astuta
Minha respiração me faz brincar
Como um órgão, o dia todo a tocar
Tudo porque tenho audição absoluta.

– Que engraçado! – exclamou Dorothy. – Ele diz que sua respiração faz a música.

– Isso tudo é bobagem – declarou o homem com cabeça de burro. Mas agora a música começava de novo, e todos eles ouviram com atenção.

Meus pulmões estão cheios de pinos e grampos sutis
Como aqueles, em órgãos de barris.
Quando inspiro ou expiro pelo nariz,
Os tubos são obrigados a tocar sem fim.

Então, enquanto respiro para viver,
Eu espremo a música para meu bel-prazer.
Perdoem-me se não consigo me conter,
Lamento muito que seja assim.

– Pobre homem – disse Policromia. – Ele não pode evitar. Que grande infortúnio!

– Sim – respondeu o homem agora equino. – Nós somos obrigados a ouvir esta música por pouco tempo, só até que o deixemos, mas o pobre sujeito deve ouvir a si mesmo enquanto viver, e isso é o suficiente para deixá-lo louco. Vocês não acham?

– Não sei – disse Botão-Brilhante.

Totó disse: "*Au-au!*" e os outros riram.

– Talvez seja por isso que ele viva sozinho – sugeriu Dorothy.

– Sim, se ele tivesse vizinhos, eles poderiam agredi-lo – respondeu o homem da cabeça trocada.

Toda essa conversa acontecia enquanto o musicista gordinho respirava as notas:

Tiddle-tiddle-iddle, oom, pom-pom

E eles tinham que falar alto para se ouvir. O Homem-Farrapo disse:

– Quem é você, senhor?

A resposta veio na forma desta canção:

Sou Allegro da Capo, um homem muito famoso;
Tente encontrar outro, alto ou baixo, que seja como eu, talentoso.
Algumas pessoas tentam, mas não conseguem tocar
Praticam todos os dias sem parar
Assumo que sempre fui musical, mas não quero ser presunçoso.

– Ora, creio que ele se orgulha disso – exclamou Dorothy. – Certamente já vi piores por aí.

– Por onde? – perguntou Botão-Brilhante.

– Agora não me recordo, mas o sr. Da Capo é de fato uma pessoa estranha, não é? E talvez ele seja o único de sua espécie em todo o mundo.

Este elogio pareceu agradar ao pequeno musicista gordo, pois ele inflou o peito, sentindo-se importante e cantou o seguinte:

Não tenho uma banda ao meu redor,
E, ainda assim, sou eu quem manda!

L. Frank Baum

Mesmo que não concordes, sou eu quem crio os acordes
Mas, por outro lado,
Os menores estão sempre desafinados
Entre estes e outros erros,
Na busca pela precisão e naturalidade
Sigo focado, sem vaidade.

– Eu não entendi muito bem – disse Policromia, em um tom intrigado. – Mas talvez seja porque estou acostumada apenas com a música das esferas.

– O que é isso? – perguntou Botão-Brilhante.

– Oh, Polly está referindo-se aos sons da atmosfera e do hemisfério, suponho – explicou Dorothy.

– Oh – disse Botão-Brilhante.

– *Au-au!* – disse Totó.

Mas o músico ainda respirava seu constante "Oom, pom-pom; Oom pom-pom" e parecia abalar os nervos do Homem-Farrapo.

– Você não pode parar com isso? – ele gritou com raiva. – Respire como se estivesse sussurrando ou coloque um prendedor de roupa no nariz. Faça alguma coisa para interromper isso!

Mas o gordo, com um olhar triste, cantou esta resposta:

A música tem seus encantos,
Acalma até os selvagens, é o que falam pelos cantos
Então, se selvagem é como você se sente,
Diga aqui para minha bobina o que tem em mente
Botar para fora é melhor do que ficar em prantos.

O homem de vestes desgastadas teve que rir disso, e assim que riu, bocejou com sua boca de burro escancarada e Dorothy disse:

– Não sei se ele é um bom poeta, mas o que ele fala parece se encaixar nas notas, então tudo o que ele diz acaba sendo meio previsível.

– Eu gosto – disse Botão-Brilhante, que estava olhando fixamente para o músico, com suas perninhas bem separadas. Para surpresa de seus companheiros, o menino fez esta longa pergunta:

A ESTRADA PARA OZ

– Se eu engolisse uma gaita de boca, o que seria?

– Seria uma gaitinha – disse o homem com o Ímã do Amor. – Mas vamos, meus queridos. Eu acho que a melhor coisa que podemos fazer é continuar nossa jornada antes que Botão-Brilhante engula qualquer coisa. Devemos tentar encontrar aquela Terra de Oz.

Ao ouvir esse discurso, o músico cantou, rapidamente:

Se vocês forem para a Terra de Oz,
Por favor me levem junto,
No aniversário de Ozma
Estou ansioso para celebrar,
Pois a música mais linda de todas irei tocar.

– Não, obrigada – disse Dorothy. – Preferimos viajar sozinhos. Mas se eu vir Ozma, direi a ela que você quer ir à festa de aniversário dela.

– Vamos indo – insistiu o Homem-Farrapo, ansioso.

Polly já estava dançando ao longo da estrada, com bastante antecedência, e os outros se viraram para segui-la. Totó não gostou do musicista gordo e tentou agarrar sua perna gordinha, mas Dorothy rapidamente o pegou enquanto rosnava e correu para alcançar seus companheiros, que estavam caminhando mais rápido do que o normal para sair de perto da cantoria. Eles tiveram que escalar uma colina, e, até chegarem ao topo, não puderam escapar do som monótono do músico:

Oom, pom-pom; oom, pom-pom;
Tiddle-iddle-widdle, oom, pom-pom;
Oom, pom-pom - pah!

Assim que passaram pelo topo da colina e desceram do outro lado, os sons gradualmente se dissiparam, e todos eles sentiram-se muito aliviados.

– Estou feliz por não ter que viver com o "homem-órgão", não é mesmo, Polly? – disse Dorothy.

– Sim, de fato – respondeu a filha do Arco-íris.

– Ele é legal – declarou Botão-Brilhante, sobriamente.

L. Frank Baum

– Espero que sua amiga, princesa Ozma, não o convide para a celebração de seu aniversário – observou o homem da cabeça encantada –, pois a música do sujeito vai enlouquecer seus convidados. Você me deu uma ideia, Botão-Brilhante! Eu acredito que o músico deve ter engolido um acordeão em sua juventude.

– O que é um *cordeão*? – perguntou o menino com cabeça de raposa.

– É um instrumento de fole – explicou Dorothy, colocando o cachorro no chão.

– *Au-au-au*! – latiu Totó, que saiu correndo para perseguir uma abelha.

ENFRENTANDO OS SCOODLERS

O país não era tão bonito agora. Diante de nossos viajantes apareceu uma planície rochosa, coberta de colinas, nas quais nada verde crescia. Eles estavam perto de algumas montanhas baixas, e também da estrada, que antes era lisa e agradável de andar, e agora era áspera e irregular. Botão-Brilhante tropeçou mais de uma vez com seus pezinhos, e Policromia parou de dançar porque andar agora era tão difícil que ela não teve problemas para se aquecer.

Já era tarde, mas não havia nada para o almoço, exceto duas maçãs que o Homem-Farrapo tinha guardado do café da manhã. Ele as dividiu em quatro partes e deu uma porção a cada um de seus companheiros. Dorothy e Botão-Brilhante ficaram felizes em receber sua parte, mas Polly ficou satisfeita somente com uma pequena mordida, já Totó não gostava de maçãs.

– Vocês sabem – perguntou a filha do Arco-íris – se este é o caminho certo para a Cidade das Esmeraldas?

– Não, eu não – respondeu Dorothy –, mas é a única estrada nesta parte do país, então podemos muito bem ir até o fim dela.

– E parece que ela vai acabar logo – comentou o homem mal vestido.
– E o que devemos fazer quando isso acontecer?

– Não sei – disse Botão-Brilhante.

– Se eu tivesse meu cinto mágico – respondeu Dorothy, pensativa –, ele poderia ser-nos útil agora.

– O que é esse cinto mágico? – perguntou Policromia.

– É algo que capturei do rei dos nomos um dia, que pode fazer qualquer coisa maravilhosa. Mas eu o deixei com Ozma porque magia não funciona no Kansas, apenas nos países das fadas.

– Este é um país de fadas? – perguntou Botão-Brilhante.

– Acho que você já sabe a resposta – disse a menina, séria. – Se não fosse um país de fadas, você não poderia ter uma cabeça de raposa, e o Homem-Farrapo não teria uma cabeça de burro, e a filha do Arco-íris seria invisível.

– E o que é isso? – perguntou o menino marinheiro.

– Você parece não saber nada, Botão-Brilhante! Invisível é uma coisa que não se pode ver.

– Então Totó está invisível – declarou o menino da cabeça encantada, e Dorothy percebeu que ele estava certo. Totó tinha desaparecido de vista, mas eles podiam ouvi-lo latir furiosamente entre os montes rochosos e cinzentos à frente deles.

Eles avançaram um pouco mais rápido para ver a razão de o cachorro estar latindo, e então encontraram acocorada no topo de uma rocha, à beira da estrada, uma curiosa criatura. Ela tinha a aparência de um homem de estatura mediana, bastante esguio e gracioso, e como ela estava imóvel e silenciosa na pedra, eles puderam ver que seu rosto era preto como tinta e que usava um traje preto, semelhante a um macacão tipo segunda pele, bem ajustado ao corpo. Suas mãos também eram pretas, e os dedos dos pés curvados para baixo, como os de um pássaro. A criatura era totalmente preta, exceto os cabelos, que eram finos e amarelos, com uma franja reta, na altura da testa preta, cortada rente dos lados. Os olhos, que estavam fixos no cachorro que latia, eram pequenos e brilhantes, e pareciam olhos de uma doninha.

– Que diabos você acha que é isso? – perguntou Dorothy com uma voz abafada, enquanto o pequeno grupo de viajantes observava a estranha criatura.

A ESTRADA PARA OZ

– Não sei – disse Botão-Brilhante.

A coisa saltou dando meia-volta e sentou-se no mesmo lugar, mas com o outro lado de seu corpo voltado para eles. Em vez do preto, agora era branco puro, com um rosto de palhaço de circo e cabelos em um tom de roxo brilhante. A criatura podia curvar-se de qualquer maneira, e seus dedos brancos eram curvados para baixo da mesma forma que os pretos do outro lado.

– Tem um rosto na frente e atrás – sussurrou Dorothy, maravilhada. – Só que não há costas, mas duas frentes.

Depois de ter feito a volta, o ser ficou estático como antes, enquanto Totó latia mais alto para o homem branco do que para o preto.

– Uma vez – disse o Homem-Farrapo – eu tive um macaco saltador assim, com duas faces.

– Estava vivo? – perguntou Botão-Brilhante.

– Não – respondeu o molambento. – Funcionava com cordas e era de madeira.

– Gostaria de saber se esse também funciona com cordas – disse Dorothy, mas Policromia gritou "Olhe!" para outra criatura assim que ela apareceu acocorada em outra pedra, com seu lado negro voltado para eles. Os dois viraram a cabeça e mostraram um rosto preto no lado branco de um e um rosto branco no lado preto do outro.

– Que curioso – disse Policromia. – E como as cabeças parecem estar soltas! Será que são amigáveis?

– Não dá para saber, Polly – respondeu Dorothy. – Vamos perguntar a eles.

As criaturas giraram primeiro para um lado e depois para o outro, mostrando o lado branco e o preto alternadamente. E agora outro se juntou a eles, aparecendo em outra rocha. Nossos amigos chegaram a uma pequena depressão na colina, e o lugar onde eles estavam agora estava cercado por picos irregulares de rochas, exceto onde a estrada passava.

– Agora são quatro – disse o homem.

– Cinco – declarou Policromia.

– Seis – disse Dorothy.

L. FRANK BAUM

– Vários deles! – gritou Botão-Brilhante. E finalmente as criaturas formaram uma grande fileira de seres com seus lados pretos e brancos, sentados nas rochas que havia ao redor do grupo.

Totó parou de latir e correu entre as pernas de Dorothy, onde se agachou como se estivesse com medo. As criaturas não pareciam agradáveis ou amigáveis, para ser sincero, e o Homem-Farrapo ficou sério, e isto era aparente em seu rosto de burro.

– Pergunte a eles quem são e o que querem – sussurrou Dorothy.

E então o homem gritou em voz alta:

– Quem são vocês?

– Scoodlers! – eles gritaram em coro, com vozes agudas e estridentes.

– O que vocês querem? – perguntou o homem da cabeça equina.

– Vocês! – eles gritaram, apontando seus dedos finos para o grupo. E eles se mexeram de modo que todos ficassem brancos, e, em seguida, giraram novamente para que todos ficassem pretos.

– Mas o que querem de nós? – perguntou o homem, inquieto.

– Sopa! – todos gritaram, como se tivessem uma só voz.

– Meu Deus! – disse Dorothy, tremendo um pouco. – Os scoodlers devem ser canibais.

– Não quero virar sopa – protestou Botão-Brilhante, começando a chorar.

– Calma, querido – disse a menina, tentando consolá-lo. – Nenhum de nós quer virar sopa. Mas não se preocupe, o Homem-Farrapo vai cuidar de nós.

– Ele vai? – perguntou Policromia, que não gostou nem um pouco dos scoodlers, e manteve-se perto de Dorothy.

– Vou tentar – prometeu o homem, mas ele também parecia preocupado.

Ao sentir o Ímã do Amor em seu bolso, ele disse às criaturas, com mais confiança:

– Vocês não me amam?

– Sim! – eles gritaram, todos juntos.

– Então vocês não devem fazer mal a mim nem aos meus amigos – disse o homem esfarrapado, com firmeza.

A estrada para Oz

– Nós amaríamos ter você na sopa! – eles gritaram e, em um piscar de olhos, ficaram com o lado branco novamente.

– Isso é terrível! – disse Dorothy. – Este é um momento, Homem-Farrapo, em que você é amado em excesso.

– Não quero virar sopa! – lamentou Botão-Brilhante novamente; e Totó começou a lamentar tristemente, como se ele também não quisesse virar sopa.

– A única coisa a se fazer – disse o homem para seus amigos, em voz baixa – é sair desta região rochosa assim que pudermos, e deixar os scoodlers para trás. Sigam-me, meus queridos, e não prestem atenção em nada que eles falarem ou fizerem.

Com isso, ele começou a marchar ao longo da estrada para uma abertura entre as rochas, e os outros continuaram atrás dele. Mas os scoodlers formaram um paredão à sua frente para barrar a passagem deles, e rapidamente o homem com cabeça de burro abaixou-se e pegou uma pedra e jogou-a nas criaturas para assustá-las e tirá-las do caminho.

Com isso, os scoodlers soltaram um uivo. Dois deles tiraram a cabeça de seus ombros e as arremessaram contra o homem com tanta força que ele caiu em um monte de pedras, muito surpreso. Os dois, agora correndo e saltando, pegaram cada qual sua cabeça e as colocaram novamente no corpo, retornando às suas posições iniciais nas rochas.

ESCAPANDO DO CALDEIRÃO

O Homem-Farrapo levantou-se verificando se havia se ferido, mas estava tudo bem. Uma das cabeças o havia atingido em seu peito, e a outra em seu ombro esquerdo. Ainda que eles o tivessem derrubado, as cabeças não eram duras o suficiente para machucá-lo.

– Venham – disse ele com firmeza. – Temos que sair daqui de alguma forma – recomeçando seu trajeto.

Os scoodlers começaram a gritar, e vários deles arremessaram a própria cabeça em nossos amigos assustados. O Homem-Farrapo foi derrubado novamente, e o mesmo aconteceu com Botão-Brilhante, que bateu os calcanhares no chão e uivou o mais alto que pôde, embora não tenha se machucado nem um pouco. Uma cabeça atingiu Totó, que primeiro gritou e, em seguida, agarrou a cabeça por uma orelha e começou a fugir com ela.

Os scoodlers que jogaram a cabeça, começaram a descer e correr para pegá-la, cada um a sua, com uma rapidez impressionante, mas aquele cuja cabeça Totó tinha roubado achou difícil recuperá-la. A cabeça não conseguia ver o próprio corpo com seu par de olhos, porque o cachorro estava em seu campo de visão, e então o scoodler sem cabeça tropeçava nas rochas mais de uma vez na tentativa de recuperá-la. Totó, tentando sair da área rochosa, rolou a cabeça morro abaixo, e os outros scoodlers, que vieram resgatar seu infeliz companheiro, atiraram cada qual a própria cabeça no cachorro, até que ele foi obrigado a largar a cabeça que roubara e voltar correndo para Dorothy.

A menina e a filha do Arco-íris haviam escapado da enxurrada de cabeças, mas perceberam que seria inútil tentar fugir dos terríveis scoodlers.

– Acho melhor nos rendermos – declarou o homem, com uma voz pesarosa, quando se levantou novamente. Então se voltou para seus inimigos e perguntou:

– O que vocês querem que façamos?

– Venham! – eles gritaram, em um coro triunfante, imediatamente saltando das rochas e cercando seus cativos por todos os lados. Uma coisa engraçada sobre os scoodlers era que eles podiam andar em qualquer direção, vindo ou indo, sem se virar, porque tinham duas faces. Como dissera Dorothy, eles tinham "duas frentes", e seus pés tinham o formato da letra T de cabeça para baixo. Moviam-se com grande rapidez, e havia algo com seus olhos brilhantes, de cores contrastantes, e cabeças removíveis que inspiravam horror aos pobres prisioneiros e os fazia ansiar pela fuga.

Mas as criaturas conduziram seus cativos para longe das rochas e da estrada, descendo a colina por um caminho lateral até chegarem a uma montanha baixa, de pedra, que parecia uma tigela enorme virada de cabeça para baixo. No limite dessa montanha havia um golfo, tão profundo que, quando se olhava para dentro, não havia nada além de escuridão. Do outro lado do golfo, havia uma estreita ponte rochosa, e na outra extremidade da ponte, uma abertura arqueada que conduzia à montanha.

Por essa ponte, os scoodlers conduziram seus prisioneiros até a abertura para a montanha, que eles descobriram ser uma imensa cúpula iluminada por vários orifícios no teto. Em toda a área circular foram construídas casas de pedra, colocadas juntas, cada uma com uma porta na parede frontal. Nenhuma dessas casas tinha mais de um metro e oitenta de largura, mas os scoodlers eram seres magros de perfil, que não precisavam de muito espaço. O domo era tão vasto que havia um grande espaço no meio da caverna, em frente a todas essas casas, onde as criaturas podiam reunir-se como em um grande salão.

Dorothy estremeceu ao ver um enorme caldeirão de ferro suspenso por uma corrente no meio do lugar, e debaixo dele uma grande pilha de madeira e aparas, pronta para ser acesa.

L. Frank Baum

– O que é isso? – perguntou o homem vestido com trapos, recuando quando eles se aproximaram desse lugar, de modo que os scoodlers tiveram de empurrá-lo para a frente.

– O caldeirão da sopa – gritaram os Scoodlers, e em seguida, depois de respirar:

– Nós estamos com fome!

Botão-Brilhante, segurando a mão de Dorothy com a sua, rechonchuda, e a de Polly com a outra mão, ficou tão abalado por esse grito, que começou a chorar novamente, repetindo o protesto:

– Não quero virar sopa, não quero!

– Fique tranquilo – disse o homem, consoladoramente. – Eu devo ser o suficiente para alimentar a todos, sou bastante grande. Vou pedir a eles para me colocarem no caldeirão primeiro.

– Tudo bem – disse Botão-Brilhante, mais alegre.

Mas os scoodlers ainda não estavam prontos para fazer sopa e levaram os cativos a uma casa, no lado mais distante da caverna, que era um pouco maior do que as outras.

– Quem vive aqui? – perguntou a filha do Arco-íris.

O scoodler mais próximo dela respondeu:

– A rainha.

Dorothy ficou esperançosa ao saber que uma mulher governava essas ferozes criaturas, mas um momento depois eles foram escoltados por dois ou três deles até um quarto vazio e sombrio, e com isso suas esperanças morreram.

A Rainha dos Scoodlers provou ser muito mais terrível em aparência do que qualquer um de seu povo. Um lado dela era vermelho fogo, com cabelo preto azeviche e olhos verdes, e o outro lado era amarelo brilhante, com cabelos ruivos e olhos pretos. Ela usava uma saia curta vermelha e amarela, e seu cabelo, em vez de ter uma franja como os outros, era um emaranhado de cachos curtos sobre os quais repousava uma coroa circular de prata, muito amassada e torta, porque a rainha arremessava a cabeça em inúmeras coisas o tempo todo. Seu corpo era magro e ossudo e seus rostos eram profundamente enrugados.

– O que temos aqui? – perguntou a rainha asperamente, enquanto nossos amigos eram posicionados na frente dela.

A ESTRADA PARA OZ

– Sopa! – gritou o guarda Scoodler, falando junto.

– Não mesmo! – disse Dorothy, indignada. – Não somos nada disso.

– Ah, mas serão em breve – retrucou a rainha, com um sorriso severo que deixava sua aparência mais terrível do que antes.

– Perdoe-me, belíssima visão – disse o homem, curvando-se diante da rainha educadamente. – Devo pedir a Sua Alteza serena para nos deixar seguir nosso caminho sem sermos transformados em sopa, pois eu sou o possuidor do Ímã do Amor e quem me encontrar deve me amar e a todos os meus amigos.

– Verdade – respondeu a rainha. – Nós o amamos muito. Amamos tanto que pretendemos comer seu caldo com verdadeiro prazer. Mas, diga-me, você acha que sou bonita?

– Você não ficará nada bonita se me comer – disse ele, sacudindo a cabeça tristemente. – A beleza interior é a mais bela de todas.

A rainha então voltou-se para o Botão-Brilhante.

– Você acha que eu sou bonita? – ela perguntou.

– Não – disse o menino-raposa. – Você é feia.

– Acho que você é horripilante – disse Dorothy.

– Se você pudesse se ver, ficaria terrivelmente assustada – acrescentou Polly.

A rainha fez uma careta para eles e trocou seu lado vermelho para o lado amarelo.

– Leve-os embora – ela comandou ao guarda – E às seis horas coloque--os no picador de carne e comece a ferver o caldeirão de sopa. E ponha bastante sal no caldo desta vez, senão punirei os cozinheiros severamente.

– Posso pôr cebola, Vossa Majestade? – perguntou um dos guardas.

– Bastante cebola, alho e um pouco de pimenta vermelha. Agora, vá!

Os scoodlers levaram os cativos para longe e os trancaram em uma das casas, ficando apenas um único Scoodler para manter a guarda.

O lugar era uma espécie de depósito, contendo sacos de batatas e cestos de cenouras, cebolas e nabos.

– Estes – disse o guarda apontando para os vegetais – são os temperos que costumamos usar nas sopas.

Os prisioneiros ficaram bastante desanimados no momento, pois não visualizavam uma forma de escapar e não sabiam quando daria seis horas para o cortador de carne começar a funcionar, mas o Homem-Farrapo era valente e não pretendia submeter-se a um destino tão horrível sem lutar.

– Eu vou lutar por nossa vida – ele sussurrou para as crianças – pois se eu falhar, não estaremos pior do que antes, e ficar sentado aqui silenciosamente até que sejamos transformados em sopa seria algo tolo e covarde.

O scoodler de guarda estava perto da porta, virando primeiro o seu lado branco em direção a eles e, em seguida, seu lado negro, como se quisesse mostrar a todos seus quatro olhos gananciosos a visão de tantos prisioneiros gordos. Os cativos sentaram-se em grupo, tristes, na outra extremidade da sala, exceto Policromia, que dançava para frente e para trás em um pequeno espaço para manter-se aquecida, pois sentia o frio da caverna. Sempre que ela se aproximava do maltrapilho, ele sussurrava algo em seu ouvido, e Polly acenava com sua bela cabeça como se entendesse.

O homem então disse a Dorothy e a Botão-Brilhante para ficarem na frente dele enquanto ele esvaziava as batatas de um dos sacos. Quando ele secretamente concluiu sua tarefa, a pequena Policromia, dançando perto do guarda, de repente estendeu sua mão e deu um tapa no rosto do Scoodler, e em seguida girou rapidamente para longe dele juntando-se aos seus amigos.

Furioso, o canibal imediatamente arrancou a cabeça e a arremessou contra a filha do Arco-íris, mas o Homem-Farrapo, que já estava esperando por isso, pegou a cabeça com muito cuidado e a colocou no saco de batatas, amarrando bem a boca. O corpo do guarda, não tendo os olhos de sua cabeça para guiá-lo, correu para lá e para cá sem rumo, e o Homem--Farrapo conseguiu facilmente esquivar-se e abrir a porta. Felizmente, não havia ninguém na grande caverna naquele momento, então ele disse a Dorothy e a Polly para que corressem o mais rápido que podiam para a entrada e atravessassem a ponte estreita.

– Vou carregar Botão-Brilhante – disse ele, sabendo que as pernas do menino eram muito curtas para correr rápido.

Dorothy pegou Totó e então, agarrando a mão de Polly, correu rapidamente em direção à entrada da caverna. O homem colocou Botão-Brilhante em seus ombros e correu atrás deles. Eles correram tão rapidamente e sua fuga foi tão inesperada, que quase alcançaram a ponte quando um dos scoodlers olhou para fora de sua casa e os viu.

A ESTRADA PARA OZ

A criatura deu um grito estridente que fez com que todos os seus companheiros saltassem para fora das numerosas portas, e imediatamente começassem a persegui-los. Dorothy e Polly chegaram à ponte e estavam prestes a atravessá-la quando os scoodlers começaram a jogar as cabeças. Um daqueles mísseis esdrúxulos atingiu o homem nas costas e quase o derrubou, mas ele estava na entrada da caverna agora e colocou Botão-Brilhante no chão para que o menino pudesse atravessar a ponte e correr até Dorothy.

Então o homem com cabeça de burro virou-se e enfrentou seus inimigos, ficando na parte externa da abertura, e com a mesma rapidez com que jogaram as cabeças nele, ele as pegou e arremessou no golfo negro abaixo. Sem cabeça, os corpos dos scoodlers que estavam na frente impediram os outros de se aproximar, mas eles também jogaram as cabeças na tentativa de impedir a fuga dos prisioneiros. O homem então pegou todas elas e as atirou, fazendo-as rodopiar para dentro do golfo negro. Entre elas, ele notou a cabeça vermelha e amarela da rainha, e a lançou na escuridão junto com as outras, satisfeito com sua atitude.

Cada scoodler do grupo havia arremessado sua cabeça, e cada cabeça jogada estava no abismo profundo. Agora, os corpos indefesos das criaturas estavam misturados na gruta e esbarrando-se, em uma tentativa vã de descobrir o que havia sido feito com as cabeças. Rindo disso, o Homem-Farrapo atravessou a ponte para juntar-se aos seus companheiros.

– É uma sorte que eu tenha aprendido a jogar beisebol quando era jovem – observou ele –, pois peguei todas aquelas cabeças facilmente e não perdi uma. Mas, venham, meus pequeninos, os scoodlers nunca mais irão incomodar-nos, ou a qualquer outra pessoa.

Botão-Brilhante, que ainda estava com medo, insistiu: "Eu não quero virar sopa!". A vitória fora obtida tão repentinamente que o menino não conseguia perceber que estavam sãos e salvos. Mas o Homem-Farrapo assegurou que todo o perigo de serem transformados em sopa havia passado, já que os scoodlers não iriam conseguir comer por um bom tempo.

Então, agora, ansiosos para sair da horrível caverna sombria assim que possível, eles subiram rapidamente na encosta e retornaram para a estrada no mesmo local onde encontraram os scoodlers pela primeira vez. E pode ter certeza de que eles estavam felizes por encontrar novamente um caminho familiar.

JOHNNY, O FAZ-TUDO

– Está ficando muito difícil de caminhar – disse Dorothy, enquanto eles andavam laboriosamente.

Botão-Brilhante deu um suspiro profundo e disse que estava com fome. Na verdade, todos estavam com fome e com sede, pois eles não tinham comido nada além das maçãs desde o café da manhã. Então seus passos foram ficando cada vez mais lentos e gradativamente se calaram, exaustos. Por fim, passaram lentamente sobre o pico de uma colina árida e viram diante deles uma fileira de árvores verdes com uma faixa de grama a seus pés, e uma fragrância agradável foi soprada na direção dos cinco viajantes.

Nossos amigos, com calor e cansados, correram para contemplar essa refrescante visão e não demorou muito até chegarem às árvores. Lá, encontraram uma nascente de água pura, borbulhante, em torno da qual a grama estava cheia de morangueiros, com lindos frutos vermelhos e maduros, prontos para comer.

Algumas das árvores tinham laranjas amarelas, e outras, peras avermelhadas, então os aventureiros, famintos, de repente viram-se muito providos do que comer e beber. Eles não perderam tempo em escolher os maiores morangos e as laranjas mais maduras, e logo se fartaram até

A ESTRADA PARA OZ

ficarem satisfeitos. Caminhando além da fileira de árvores, eles avistaram adiante um deserto terrível e sombrio, com areia cinzenta em toda parte. No limite desse deserto, havia uma grande placa branca com letras pretas pintadas caprichosamente, que formavam estas palavras:

A TODAS AS PESSOAS: NÃO SE AVENTUREM NESTE DESERTO

POIS AS AREIAS MORTAIS TRANSFORMARÃO QUALQUER CARNE
VIVA EM PÓ EM UM INSTANTE. ALÉM DESSA BARREIRA ESTÁ A

TERRA DE OZ

MAS NINGUÉM CONSEGUE CHEGAR A ESSE BELO
PAÍS POR CAUSA DESSAS AREIAS DESTRUIDORAS.

– Oh! – disse Dorothy, enquanto o homem lia a placa em voz alta. – Já vi este deserto antes, e é verdade que ninguém consegue sobreviver ao tentar caminhar sobre as areias.

– Então não devemos tentar – respondeu o homem com olhar tenro, pensativamente.

– Mas se não podemos ir em frente e não adianta voltarmos, o que devemos fazer a seguir?

– Não sei – disse Botão-Brilhante.

– Tenho certeza de que também não sei o que fazer – acrescentou Dorothy, desanimada.

– Eu queria que meu pai viesse até mim – suspirou a bela filha do Arco-íris. – Assim eu poderia levar todos vocês para viver sobre o arco-íris, onde vocês poderiam dançar ao longo de seus raios de manhã à noite, sem se importarem ou se preocuparem com qualquer coisa. Mas suponho que meu pai esteja muito ocupado agora para procurar por mim pelo mundo.

– Não quero dançar – disse o garotinho com roupa de marinheiro, sentando-se cansado na grama macia.

– É muito gentil de sua parte, Polly – disse Dorothy. – Mas existem outras coisas que me serviriam melhor do que dançar no arco-íris. Tenho receio de que eles sejam meio macios e instáveis sob meus pés, embora eles sejam muito bonitos de olhar.

Isso não ajudou a resolver o problema, e todos ficaram em silêncio e entreolharam-se interrogativamente.

– Sinceramente, eu não sei o que fazer – murmurou o homem maltrajado, olhando sério para Totó, e o cachorrinho abanou o rabo e latiu, "*au-au!*", como se também não soubesse o que fazer. Botão-Brilhante pegou um graveto e começou a cavar a terra, e os outros o observaram por um tempo, pensativos. Finalmente, o Homem-Farrapo disse:

– Já é quase noite, então podemos dormir neste lugar lindo e descansar um pouco. Quem sabe pela manhã possamos decidir o que é o melhor para fazer.

Não havia muito material para fazer a cama das crianças, mas as folhagens das árvores eram densas e serviram para evitar o orvalho noturno. O homem descabelado então empilhou a grama macia na sombra mais espessa e, assim que escureceu, deitaram-se e dormiram tranquilamente, até de manhã.

Muito tempo depois de os outros terem adormecido, o homem sentou-se à luz das estrelas da primavera, olhando meditativamente para suas águas borbulhantes. De repente, ele sorriu e acenou para si mesmo como se tivesse tido uma boa ideia e, depois disso, também deitou-se debaixo de uma árvore e logo pegou no sono.

No brilhante sol da manhã, enquanto comiam morangos e peras doces e suculentas, Dorothy disse:

– Polly, você consegue fazer alguma magia?

– Não, querida – respondeu Policromia, balançando a cabeça delicada.

– Você deveria saber ALGUMA magia, já que é a filha do Arco-íris – continuou Dorothy, seriamente.

– Mas para nós, que vivemos no arco-íris, entre as nuvens fofas, a magia não tem serventia alguma – respondeu Policromia.

– O que eu gostaria – disse Dorothy –, é de encontrar uma maneira de cruzar o deserto para a Terra de Oz e sua Cidade das Esmeraldas. Eu já o cruzei, como sabem, mais de uma vez. Primeiro um ciclone carregou minha casa. Depois, uns sapatos de prata me trouxeram de volta, em meio segundo. Então Ozma me levou em seu tapete mágico, e o cinto mágico do rei dos nomos me conduziu de novo para casa. Como podem perceber, foi a magia que proporcionou tudo isso, exceto pela primeira vez, e não podemos ficar esperando um ciclone se formar para nos levar à Cidade das Esmeraldas.

– Não mesmo – respondeu Polly, estremecendo. – Odeio ciclones.

– É por isso que eu queria descobrir se você poderia fazer alguma magia – disse a garotinha do Kansas. – Tenho certeza de que não posso e o Botão-Brilhante também não, e a única magia que o Homem-Farrapo tem é a do Ímã do Amor, que não vai nos ajudar muito.

– Não tenha tanta certeza disso, minha querida – disse o homem, com um sorriso em seu rosto de burro. – Eu posso não ser capaz de fazer magia sozinho, mas posso chamar um amigo poderoso que me ama por causa do Ímã do Amor, e este amigo com certeza poderá nos ajudar.

– E quem seria ele? – perguntou Dorothy.

– Johnny Faz-Tudo.

– E o que Johnny pode fazer?

– Qualquer coisa – respondeu o homem, com confiança.

– Peça a ele para vir então – ela exclamou, ansiosamente.

O Homem-Farrapo tirou o Ímã do Amor do bolso e abriu o papel que o embrulhava. Segurando o amuleto na palma da mão, olhou para ele com firmeza e disse estas palavras:

> *"Caro Johnny Faz-Tudo, venha até mim.*
> *Eu preciso de você, pois a situação é muito ruim."*

– Bem, aqui estou eu – disse uma vozinha alegre. – Mas você não deveria dizer que a situação está muito ruim, porque eu estou SEMPRE muito bem.

Com isso, eles rapidamente se viraram e depararam-se com um homenzinho engraçado, sentado em um grande baú de cobre, soltando fumaça de um longo cachimbo. Seus cabelos e bigodes eram grisalhos, e esses bigodes eram tão longos, que ele tinha enrolado suas pontas em volta da cintura e amarrado com força sob o avental de couro, que ia do queixo até quase os pés, e estavam sujos e arranhados, como se tivessem sido usados por muito tempo. Tinha o nariz largo e um pouco empinado, mas seus olhos eram cintilantes e alegres. As mãos e os braços do homenzinho eram tão fortes e resistentes como o couro de seu avental, e Dorothy imaginou que Johnny Faz-Tudo devia ter trabalhado muito na vida.

– Bom dia, Johnny – disse o homem com cara de burro. – Obrigado por vir ao meu chamado tão rapidamente!

– Eu nunca perco tempo – disse o recém-chegado, prontamente. – Mas o que é aconteceu com você? Onde você conseguiu essa cabeça de burro? De fato, eu não o teria reconhecido de jeito nenhum, se não tivesse olhado para os seus pés, Homem-Farrapo.

O homem então apresentou Johnny Faz-Tudo a Dorothy, ao Totó, ao Botão-Brilhante e à filha do Arco-íris, e contou-lhe a história de suas aventuras, acrescentando que agora estavam ansiosos para chegar à Cidade das Esmeraldas, na Terra de Oz, onde Dorothy tinha amigos que iriam cuidar deles e mandá-los de volta em segurança para casa.

– Mas – disse ele – descobrimos que não podemos atravessar este deserto, pois sua areia transforma toda carne viva que a toca em pó. Por isso então o convoquei para nos ajudar.

Johnny Faz-Tudo baforou seu cachimbo e olhou atentamente para o terrível deserto na frente deles e percebeu que era tão extenso que não dava para enxergar-lhe o fim.

– Vocês devem atravessá-lo dirigindo – disse ele, rapidamente.

– Dirigindo o quê? – perguntou o homem das vestes gastas.

– Um barco para areia, que tem lâminas como um trenó e velas como um navio. O vento vai soprar vocês rapidamente através do deserto e a areia não poderá tocar sua carne nem transformá-los em pó.

– Boa! – gritou Dorothy, batendo palmas entusiasmada. – Essa foi a maneira como o tapete mágico nos levou para que não tivéssemos de tocar nessa areia horrível.

– Mas onde está o barco de areia? – perguntou o homem esfarrapado, olhando tudo em volta dele.

– Vou fazer um para você – disse Johnny Faz-Tudo.

A ESTRADA PARA OZ

Enquanto falava, ele batia as cinzas de seu cachimbo e colocava em seu bolso. Então ele destrancou o baú de cobre e levantou sua tampa, e Dorothy viu que estava cheio de ferramentas brilhantes de todos os tipos e formatos.

Johnny Faz-Tudo movia-se rapidamente agora, tão rápido que eles ficaram surpresos com o trabalho que ele foi capaz de realizar. O homem tinha em seu baú uma ferramenta para qualquer coisa que ele quisesse fazer, e essas deviam ser ferramentas mágicas, porque fizeram o trabalho muito rápido e muito bem.

O homem cantarolava uma musiquinha enquanto trabalhava, e Dorothy tentou ouvi-la. Ela achou que as palavras eram mais ou menos assim:

> *A única maneira de pôr algo em prática,*
> *É fazê-lo sem pestanejar,*
> *Sempre de forma sistemática,*
> *Trabalhar, pensar, planejar.*
> *O verdadeiro infeliz*
> *É aquele que se atreve a procrastinar;*
> *O verdadeiro feliz*
> *É quem se preocupa em trabalhar.*

O que quer que Johnny Faz-Tudo estivesse cantando, certamente o fazia enquanto trabalhava, e todos ficaram parados olhando para ele com espanto.

Ele pegou um machado e com alguns golpes derrubou uma árvore. Em seguida, pegou uma serra e em poucos minutos serrou o tronco da árvore em uma larga e longa prancha. Então pregou as tábuas na forma de um barco de cerca de doze metros de comprimento e quatro metros de largura. E ainda cortou de outra árvore uma haste longa e fina que, quando presa verticalmente no centro do barco, servia de mastro. Do baú, ele tirou um rolo de corda e um grande pacote de lona e, ainda cantarolando sua música, armou uma vela, arrumando-a de maneira que pudesse ser levantada ou abaixada no mastro.

Dorothy quase engasgou de surpresa ao ver a coisa tomar forma tão rapidamente diante de seus olhos, e tanto Botão-Brilhante quanto Polly olharam com o mesmo interesse, absorvidos.

– Ele deveria ser pintado – disse Johnny Faz-Tudo, jogando suas ferramentas de volta no baú –, pois isso faria com que ele ficasse com uma boa aparência e, embora eu possa pintá-lo para vocês em três segundos, levaria uma hora para secar, e isso seria uma perda de tempo.

– Não nos importamos com a aparência – disse o homem com a cabeça de burro – só precisamos que ele nos leve pelo deserto.

– E ele vai fazer isso – declarou Johnny Faz-Tudo. – Tudo com que vocês precisam se preocupar é não deixá-lo tombar. Você já velejou em um navio?

– Já vi um velejar – disse o molambento.

– Bom. Veleje este barco da maneira que você viu o navio navegar, e estarão do outro lado da areia antes que percebam.

Com isso, ele bateu a tampa do baú, e o barulho fez todos eles piscarem. Enquanto piscavam, o trabalhador desapareceu, com as ferramentas e todo o resto.

O DESERTO MORTAL FOI CRUZADO

– Oh, que pena! – gritou Dorothy. – Eu queria agradecer Johnny Faz-
-Tudo por toda a sua bondade conosco.

– Ele não tem tempo para ouvir os agradecimentos – respondeu o Homem-Farrapo. – Mas tenho certeza de que ele sabe que somos gratos. Suponho que já esteja trabalhando em alguma outra parte do mundo.

Eles agora olharam com mais cuidado para o barco de areia e viram que a parte inferior fora modelada com duas lâminas afiadas que deslizariam através da areia. A frente do barco era pontiaguda como a proa de um navio, e havia um leme na popa para orientação.

Ele tinha sido construído na orla do deserto, de modo que toda a sua estrutura estava sobre a areia cinzenta, exceto a parte traseira, que ainda tocava a faixa de grama.

– Entrem, meus queridos – disse o homem. – Tenho certeza de que posso conduzir este barco como qualquer marinheiro. Tudo o que vocês precisam fazer é ficar parados, cada um em seu lugar.

Dorothy entrou com Totó nos braços e sentou-se no fundo do barco, bem na frente do mastro. Botão-Brilhante sentou-se na frente de Dorothy, enquanto Polly inclinou-se sobre a proa. O Homem-Farrapo ajoelhou-se atrás do mastro. Quando tudo estava pronto, ele ergueu a vela até a metade. O vento soprou e imediatamente o barco de areia começou a avançar, muito lentamente no início, e em seguida, com mais velocidade. O homem puxou a vela para cima e eles voaram tão rápido sobre o Deserto Mortal que cada um se agarrou a um dos lados do barco e mal ousava respirar.

A areia formava ondas e em locais muito irregulares, de modo que o barco balançava perigosamente de um lado para o outro, mas nunca inclinando-se completamente, a ponto de virar, e a velocidade foi tão grande que o próprio Homem-Farrapo, assustado, começou a perguntar-se como faria para o navio ir mais devagar.

"Estamos cercados por esta areia, no meio do deserto", Dorothy pensou consigo mesma. "Não seremos nada além de poeira em alguns minutos, e isso será o nosso fim."

Mas eles não foram derrubados, e pouco a pouco Policromia, que se agarrava à proa e olhava para frente, avistou uma linha escura que surgia diante deles e perguntou o que era. A cada segundo ficava mais fácil de distinguir o que havia lá, até que ela descobriu se tratar de uma fileira de rochas irregulares no final do deserto, e bem acima dessas rochas ela podia ver um planalto de grama verde e belas árvores.

– Tenha cuidado! – gritou para o homem que comandava o navio. – Vá devagar, ou vamos colidir com as rochas.

Ele a ouviu e tentou baixar a vela, mas o vento forte não deixava e as cordas ficaram emaranhadas. Cada vez mais eles se aproximavam das grandes rochas, e o homem ficou em desespero, porque não podia fazer nada para impedir a corrida selvagem do barco de areia.

Eles chegaram à margem do deserto e colidiram diretamente com as rochas. Houve um estrondo, e Dorothy, Botão-Brilhante, Totó e Polly voaram no ar em curva, como um foguete, um após o outro, pousando no alto da grama, onde rolaram e tombaram por um tempo antes que pudessem parar.

O homem voou atrás deles, de cabeça, amontoando-se ao lado de Totó, que, muito agitado na hora, agarrou uma das orelhas do burro entre os

A ESTRADA PARA OZ

dentes e a sacudiu e mordeu tanto quanto pôde, rosnando com raiva. O homem fez o cachorrinho soltá-lo, e sentou-se para olhar ao redor.

Dorothy estava sentindo um de seus dentes da frente, que fora afrouxado com o impacto da batida contra seu joelho enquanto ela caía. Polly estava olhando tristemente para um rasgo em seu lindo vestido de tule, e a cabeça de raposa de Botão-Brilhante havia ficado presa em um buraco de um géomis-de-bolso, e ele estava mexendo suas perninhas gordas freneticamente, esforçando-se para libertar-se.

Ao contrário do que se esperava, eles saíram ilesos da aventura. Então o Homem-Farrapo puxou Botão-Brilhante para fora do buraco e foi até a margem do deserto para olhar o barco de areia, que agora era uma mera massa de farpas, totalmente sem forma, esmagada contra as rochas. O vento tinha arrastado a vela e a carregado para o alto de uma árvore, onde os fragmentos tremulavam como uma bandeira branca.

– Bem – disse ele, alegremente –, estamos aqui, mas onde é esse aqui eu não sei.

– Deve ser alguma parte da Terra de Oz – observou Dorothy, chegando ao lado dele.

– Deve?

– Claro que sim. Estamos do outro lado do deserto, não é? E em algum lugar no meio de Oz fica a Cidade das Esmeraldas.

– Certamente – disse o homem, assentindo. – Vamos então.

– Mas não vejo ninguém por perto para nos mostrar o caminho – continuou ela.

– Vamos encontrá-los – sugeriu. – Deve haver pessoas em algum lugar, mas talvez não estejam esperando por nós e, portanto, não estariam tão dispostos a nos dar boas-vindas.

A LAGOA DA VERDADE

Eles agora observavam mais cuidadosamente o país ao redor. Tudo estava diferente e bonito após o clima abafado do deserto, e o sol, o ar fresco e agradável eram deliciosos para os viajantes.

Pequenos montes verde-amarelos estavam à direita, enquanto à esquerda um grupo de árvores altas e frondosas, com flores amarelas, balançavam e as flores se pareciam com borlas e pompons. Na grama que cobria o solo havia lindos ranúnculos, prímulas e tagetes. Depois de olhar para eles por um momento, Dorothy disse pensativamente:

— Devemos estar no País dos Winkies, pois a cor deste país é amarela, e vocês irão notar que quase tudo aqui é amarelo, ou tem essa cor mais predominante.

— Mas eu pensei que esta fosse a Terra de Oz — respondeu o homem da cabeça encantada, como se estivesse muito desapontado.

— E é — declarou ela. — Mas há quatro partes na Terra de Oz. O país do Norte é roxo, e é o País dos Gillikins. O país do Leste é azul, e é o país dos Munchkins. No Sul está o país vermelho dos Quadlings, e aqui, no Oeste, está o país amarelo dos winkies. Esta é a parte que é governada pelo Homem de Lata.

— Quem é este? — perguntou o menino da cabeça de raposa.

– Ora, ele é o homem de lata de quem falei. O nome dele é Nick Lenhador, e ele tem um coração adorável, que lhe foi dado pelo maravilhoso Mágico.

– Onde ele mora? – perguntou o menino.

– O Mágico? Oh, ele mora na Cidade das Esmeraldas, que fica no meio de Oz, onde os cantos dos quatro países se encontram.

– Oh – disse Botão-Brilhante, intrigado com a explicação.

– Devemos estar a alguma distância da Cidade das Esmeraldas – observou o Homem-Farrapo

– Isso é verdade – respondeu ela. – Então é melhor seguirmos viagem para ver se encontramos alguns dos winkies. Eles são boas pessoas – ela continuou, enquanto o pequeno grupo começou a caminhar em direção às árvores. – E eu vim aqui uma vez com meus amigos, o Espantalho, o Homem de Lata e o Leão Covarde para lutar contra uma bruxa má que fez de todos os winkies seus escravos.

– Você a derrotou? – perguntou Polly.

– Ora, eu a derreti com um balde de água, e foi o fim dela – respondeu Dorothy. – Depois disso, as pessoas ficaram livres, e elas elegeram Nick Lenhador, o Homem de Lata, seu imperador.

– O que é isso? – perguntou a pequena raposa com vestes de marinheiro.

– Imperador? Oh, é algo como um governante, eu acho.

– Oh – disse o menino.

– Mas eu pensei que a princesa Ozma governasse Oz – disse o Homem-Farrapo.

– Sim. Ela governa a Cidade das Esmeraldas e todos os quatro países de Oz, mas cada país tem um pequeno governante, não tão grande quanto Ozma. É como os oficiais de um exército, os pequenos governantes são como os capitães, e Ozma é o general.

A essa altura eles haviam chegado até as árvores, que estavam em um perfeito círculo e distantes o suficiente para que seus galhos grossos se tocassem ou "apertassem as mãos", como Botão-Brilhante observou. Sob a sombra das árvores, eles encontraram, no centro do círculo, uma lagoa cristalina, com sua água parada como vidro. Devia ser profundo também, pois quando Policromia se curvou sobre ela, deu um pequeno suspiro de prazer.

– Ora, é um espelho! – ela gritou, vendo seu lindo rosto e o vestido fofo com tons de arco-íris refletido na piscina, tão natural quanto a vida.

Dorothy também inclinou-se e começou a arrumar o cabelo, emaranhado pelo sopro do vento do deserto. Botão-Brilhante inclinou-se sobre a beirada e então começou a chorar, porque a visão de sua cabeça de raposa assustou o pobrezinho.

– Acho que não vou olhar – comentou o homem desgrenhado, com tristeza, pois ele também não estava satisfeito com sua cabeça de burro.

Enquanto Polly e Dorothy tentavam confortar Botão-Brilhante, o homem sentou-se perto da beirada da lagoa, onde sua imagem não poderia ser refletida, e olhou para a água pensativamente. Ao fazer isso, ele percebeu uma placa de prata presa a uma rocha logo abaixo da superfície da água, e nela estavam grafadas estas palavras:

LAGOA DA VERDADE

– Ah! – gritou o homem da cabeça de besta, pondo-se de pé com grande alegria. – Nós finalmente a encontramos.

– Encontramos o quê? – perguntou Dorothy, correndo para ele.

– A Lagoa da Verdade. Agora, finalmente, posso me livrar dessa cabeça assustadora, pois nos disseram, não sei se você se lembra, que apenas a Lagoa da Verdade poderia trazer de volta meu rosto.

– E o meu também! – gritou Botão-Brilhante, correndo até eles.

– Claro – disse Dorothy. – Vai curar vocês dois e da cabeça ruim de cada um, eu acho. Não foi uma sorte termos encontrado?

– É, de fato – respondeu o homem. – Eu estava odiando a ideia de ir até a princesa Ozma desse jeito, ainda mais porque ela vai celebrar seu aniversário.

O Homem-Farrapo estava terminando de falar quando se assustou com vários respingos saltando em sua direção. Botão-Brilhante, ansioso para descobrir se a lagoa o "curaria", havia chegado muito perto da margem e

A ESTRADA PARA OZ

tropeçado em seus calcanhares. Na mesma hora ele afundou, saindo da vista de seus companheiros, de modo que apenas seu chapéu de marinheiro flutuava na Lagoa da Verdade.

Assim que ele emergiu, o homem com cabeça de burro o agarrou pelo colarinho de marinheiro e arrastou o menino para a costa, que estava gotejando e tentando recuperar o fôlego.

Todos eles olharam para o garotinho com admiração, pois a cabeça de raposa com seu nariz afilado e suas orelhas pontudas tinham sumido, e no lugar apareceu o rosto redondo e rechonchudo, com olhos azuis e lindos cachos que eram de Botão-Brilhante antes de o rei Dox, de Raposópolis, transformá-lo em canídeo.

– Oh, que gracinha! – gritou Polly, que teria abraçado o pequenino se ele não estivesse tão molhado.

Suas expressões alegres fizeram a criança esfregar a água dos olhos e olhar para seus amigos interrogativamente.

– Está tudo bem agora, querido – disse Dorothy. – Venha e olhe para si mesmo.

Ela o levou para a lagoa e, embora ainda houvesse algumas ondas na superfície da água, ele podia ver seu reflexo claramente.

– Sou eu! – disse ele, com um sussurro satisfeito, mas reverente.

– Claro que é – respondeu a garota – e estamos todos tão felizes quanto você, Botão-Brilhante.

– Bem – anunciou o Homem-Farrapo –, é a minha vez agora. – Ele então tirou o casaco esfarrapado, colocou-o na grama e em seguida mergulhou de cabeça na Lagoa da Verdade.

Quando ele subiu, a cabeça de burro havia desaparecido, e a cabeça humana do Homem-Farrapo apareceu em seu lugar, com a água pingando de seus bigodes descabelados. Ele voltou para a margem e se balançou para tirar um pouco da água do corpo e, em seguida, inclinou-se sobre a lagoa para olhar com admiração seu rosto refletido.

– Posso não ser estritamente bonito, mesmo agora – disse ele aos seus companheiros, que o observavam sorridentes –, mas eu sou muito mais bonito do que qualquer burro, e me sinto orgulhoso com a aparência que tenho.

– Você está ótimo, Farrapo! – declarou Dorothy. – E Botão-Brilhante está muito bem também. Então, vamos agradecer à Lagoa da Verdade por ser tão boa, e retomar nossa jornada para a Cidade das Esmeraldas.

– Eu odeio ter de deixá-la – murmurou o homem agora com rosto humano, desabafando. – Uma Lagoa da Verdade não seria uma coisa ruim para carregar conosco – e colocou o casaco e com os outros começou a procurar alguém que pudesse guiá-los em seu caminho.

TIC-TAC E BILLINA

Eles mal tinham começado a caminhar através dos prados repletos de flores quando chegaram a uma bela estrada que levava em direção ao noroeste, através de uma curva que graciosamente adentrava lindas colinas amarelas.

– Por ali – disse Dorothy – deve ser a direção para a Cidade das Esmeraldas. É melhor seguirmos a estrada até encontrarmos alguém ou chegarmos a alguma casa.

O sol logo secou o terno de marinheiro de Botão-Brilhante e as roupas esfarrapadas do homem, e eles estavam tão satisfeitos em ter recuperado cada qual a própria cabeça, que nem se importaram com o breve desconforto de ter se molhado.

– É bom poder assobiar de novo – comentou o homem de bigodes desalinhados –, pois aqueles lábios de burro eram tão grossos que eu não conseguia reproduzir uma simples nota com eles.

Feliz, ele então cantarolou uma melodia tão alegre quanto o gorjear de qualquer pássaro.

– Tenho certeza de que você ficará à vontade na festa de aniversário de Ozma – disse Dorothy, contente de ver seus amigos tão felizes.

Policromia estava dançando à frente do grupo com a empolgação de sempre, girando alegremente ao longo da estrada lisa e nivelada, até que ela sumiu de vista na curva de um dos montes. De repente, eles a ouviram exclamar "Oh!" e ela apareceu novamente, correndo em direção a eles a toda velocidade.

– Qual é o problema, Polly? – perguntou Dorothy, perplexa.

Não havia necessidade de a filha do Arco-íris responder, pois virando a curva da estrada veio andando lentamente em direção a eles um homem redondo e engraçado, feito de cobre polido, brilhando intensamente ao sol. Empoleirada em seu ombro estava uma galinha amarela, com penas fofas e um colar de pérolas em volta da garganta.

– Oh, Tic-Tac! – gritou Dorothy, correndo na frente.

Quando chegou até ele, o homem de cobre ergueu a menina em seus braços e beijou sua bochecha com seus lábios de cobre.

– Oh, Billina! – gritou Dorothy, com voz alegre, e a galinha amarela voou para seus braços, para ser abraçada e acariciada simultaneamente.

Os outros estavam curiosamente se aglomerando ao redor do grupo, e a garota disse para eles:

– São Tic-Tac e Billina! Estou tão feliz em vê-los novamente.

– Bem-vindos a Oz – disse o homem de cobre com voz monótona.

Dorothy sentou-se na estrada com a galinha amarela em seus braços e começou a acariciar as costas de Billina. E a galinha disse:

– Dorothy, querida, tenho ótimas notícias para lhe contar.

– Diga rápido, Billina! – disse a garota.

Só então Totó, que estava rosnando para si mesmo de forma zangada, deu um latido agudo e voou para a galinha amarela, que arrepiou suas penas e deixou escapar um grito tão furioso que Dorothy se assustou.

– Pare, Totó! Pare com isso neste minuto! – ela comandou. – Você não consegue entender que Billina é minha amiga? – apesar desse aviso, se ela não tivesse agarrado Totó rapidamente pelo pescoço, o cachorrinho teria feito uma travessura com a galinha amarela, e mesmo agora ele lutava loucamente para escapar do aperto de Dorothy. Ela bateu em suas orelhas uma ou duas vezes e disse a ele para comportar-se, e a galinha amarela voou para o ombro de Tic-Tac novamente, onde ela estava segura.

A ESTRADA PARA OZ

– Que bruto! – resmungou Billina, olhando para o cachorrinho.

– Totó não é bruto – respondeu Dorothy –, mas em casa o tio Henry precisa açoitá-lo às vezes por perseguir as galinhas. Agora, olhe aqui, Totó – ela acrescentou, levantando o dedo e falando severamente com ele –, você tem que entender que Billina é uma das minhas amigas mais queridas, e ela não deve ser machucada, nem agora nem nunca.

Totó abanou o rabo como se entendesse.

– O miserável não pode falar – disse Billina, com um sorriso de escárnio.

– Sim, ele pode – respondeu Dorothy. – Ele se comunica pelo rabo, e eu sei tudo o que ele quer dizer. Se você pudesse abanar o rabo, Billina, você não precisaria de palavras para conversar.

– Que absurdo! – disse Billina.

– Não é nada absurdo. Agora mesmo, Totó está dizendo que sente muito e que tentará gostar de você por mim. Não é, Totó?

– *Au-au*! – latiu Totó, abanando novamente o rabo.

– Mas eu tenho uma notícia tão maravilhosa para você, Dorothy – gritou a galinha amarela. – Eu tenho…

– Espere um pouco, querida – interrompeu a menina. – Eu tenho de apresentar todos vocês, primeiro. Isso é ter educação, Billina. Estes são – voltando-se para seus companheiros de viagem – o senhor Tic-Tac, que funciona mecanicamente, porque seus pensamentos, conversas e ações precisam de alguém para dar corda, como um relógio.

– E você dá corda em tudo ao mesmo tempo? – perguntou o homem que vestia trapos.

– Não. São todos separados. Mas ele funciona muito bem, e o Tic-Tac foi um bom amigo para mim, pois uma vez salvou minha vida e a de Billina também.

– Ele está vivo? – perguntou Botão-Brilhante, olhando fixamente para o homem de cobre.

– Oh, não, mas sua mecânica o torna tão bom quanto alguém vivo.

Ela virou-se para o homem de cobre e disse educadamente:

– Senhor Tic-Tac, estes são meus novos amigos: o Homem-Farrapo, a filha do Arco-íris, Polly, Botão-Brilhante e Totó. Só que Totó não é um novo amigo, porque ele já esteve em Oz antes.

91

O homem fez uma reverência, tirando o chapéu de cobre.

– Es-tou mui-to sa-tis-fei-to em co-nhe-cer os a-mi-gos de D-d-d-d-d-d-d-do – e aqui ele parou de funcionar.

– Oh, acho que a fala dele precisa de corda! – disse a menina, correndo atrás do homem de cobre para pegar a chave de um gancho em suas costas. Ela deu corda nele em um lugar sob seu braço direito e ele passou a dizer:

– Per-doem-me por não con-clu-ir o que fa-la-va. Eu es-ta-va pres-tes a di-zer que es-tou sa-tis-fei-to em co-nhe-cer os a-mi-gos de Do-ro-thy, que de-vem ser meus a-mi-gos tam-bém. – As palavras foram um pouco irregulares, mas fáceis de entender.

– E esta é Billina – continuou Dorothy, apresentando a galinha amarela, e todos eles se curvaram diante dela.

– Tenho uma notícia maravilhosa – disse a galinha, virando a cabeça para que aqueles olhos brilhantes mirassem fixamente em Dorothy.

– O que é, querida? – perguntou a garota.

– Eu choquei dez dos pintinhos mais lindos que já se viu.

– Oh, que bom! E onde eles estão, Billina?

– Eu os deixei em casa. Mas eles são lindos, garanto, e todos maravilhosamente inteligentes. Eu os chamei de Dorothy.

– Qual deles? – perguntou a garota.

– Todos eles – respondeu Billina.

– Que engraçado! Por que você chamou todos eles com o mesmo nome?

– Era tão difícil distingui-los – explicou a galinha. – E agora, quando eu chamo "Dorothy"', todos eles vêm correndo para mim em grupo. É muito mais fácil do que ter um nome separado para cada um.

– Estou morrendo de vontade de vê-los, Billina – disse a menina do Kansas, ansiosa. – Mas digam-me, meus amigos, como é que vocês vieram parar aqui, no País do Winkies, sendo os primeiros a nos encontrar?

– Eu lhe con-to – respondeu Tic-Tac, em sua voz monótona, com todos os sons de suas palavras na mesma entonação. – Prin-cesa Oz-ma viu vo-cê em sua fo-to en-can-tada, e sa-bi-a que vo-cê es-ta-ria aqui. En-tão ela en--vi-ou a mim e Bil-li-na pa-ra re-ce-bê-los, já que ela mes-ma não po-de-ria vir. E en-tão fiz-i-dig-le cum-so-lut-ing hy-ber-gob-ble in-tu-zib-ick...

A ESTRADA PARA OZ

– Meu Deus! Qual é o problema agora? – gritou Dorothy, enquanto o homem mecânico continuava a balbuciar essas palavras sem significado, que ninguém podia entender, porque elas não faziam sentido algum.

– Não sei – disse Botão-Brilhante, meio assustado.

Polly girou afastando-se e olhou assustada para o homem de cobre.

– Seus pensamentos esgotaram-se, desta vez – comentou Billina com seriedade, enquanto sentava-se no ombro de Tic-Tac e podava suas penas macias. – Quando ele não consegue pensar, não consegue falar direito, pelo menos não como vocês. Você vai ter que dar corda em seus pensamentos, Dorothy, ou então eu mesma terei que terminar a história.

Dorothy correu para pegar a chave novamente e deu corda sob o braço esquerdo de Tic-Tac, e depois disso ele pôde falar com clareza novamente.

– Per-doem-me – disse ele –, mas quan-do meus pen-sa-men-tos fi-cam sem cor-da, mi-nha fa-la per-de seu sig-ni-fi-ca-do, pois as pa-la--vras são for-ma-das a par-tir do pen-sa-men-to. Eu es-ta-va pres-tes a di-zer que Oz-ma nos en-vi-ou para re-ce-bê-los e con-vi-dá-los a vi-rem di-re-to para a Ci-da-de das Es-me-ral-das. Ela es-ta-va mui-to ocu-pa-da para vir ela mes-ma, pois es-tá se pre-pa-ran-do para a ce-le-bra-ção de seu ani-ver-sário, que se-rá um gran-de e-ven-to.

– Já ouvimos falar disso – disse Dorothy –, e estou feliz por termos chegado a tempo de comparecermos. É longe daqui até a Cidade das Esmeraldas?

– Não mui-to – respondeu Tic-Tac – e es-ta-mos com tem-po. Es-ta noi-te fa-re-mos uma pa-ra-da no pa-lá-cio do Ho-mem de La-ta, e a-ma-nhã à noi-te che-ga-re-mos à Ci-da-de das Es-me-ral-das.

– Ótimo! – gritou Dorothy. – Eu gostaria de ver o querido Nick Lenhador novamente. Como está o coração dele?

– Está bem – disse Billina – o Homem de Lata diz que fica mais amistoso e mais gentil a cada dia. Ele está esperando em seu castelo para recebê-la, Dorothy, mas ele não pôde vir conosco porque está sendo po-lido, ficando o mais brilhante possível para a festa de Ozma.

– Bem, então vamos logo – disse Dorothy. – Podemos conversar mais à medida que avançamos.

Eles prosseguiram em sua jornada em um grupo de amigos, pois Policromia tinha descoberto que o homem de cobre era inofensivo e não estava mais com medo dele. Botão-Brilhante também se tranquilizou e começou a simpatizar com Tic-Tac. Ele queria que o Homem-Máquina se abrisse, para que pudesse ver as engrenagens girando, mas isso era algo que Tic-Tac não podia fazer. Botão-Brilhante então quis dar corda no homem de cobre, e Dorothy prometeu que deixaria o menino marinheiro fazê-lo assim que qualquer parte da máquina ficasse sem corda. Ele agradou muito Botão-Brilhante, que se agarrou a uma das mãos de cobre de Tic-Tac enquanto caminhavam ao longo da estrada. Dorothy estava caminhando ao lado de seu velho amigo mecânico com Billina empoleirada ora sobre o ombro dele ora sobre seu chapéu de cobre. Polly mais uma vez dançava alegremente à frente do grupo e Totó corria atrás dela, latindo de alegria. O Homem-Farrapo foi andando bem mais atrás, mas ele não parecia se importar nem um pouco com isso, pois assobiava alegremente e olhava com curiosidade as belas cenas por que passavam.

Por fim, eles chegaram ao topo de uma colina de onde o castelo de estanho de Nick Lenhador podia ser visto claramente, com suas torres brilhando magnificamente sob os raios do pôr de sol.

– Que lindo! – exclamou Dorothy. – Nunca tinha visto a nova residência do imperador.

– Ele a construiu porque o antigo castelo estava úmido e provavelmente enferrujaria seu corpo de estanho – disse Billina. – Todas aquelas torres, campanários e cúpulas são feitas de estanho, como você pode perceber.

– São de brinquedo? – perguntou Botão-Brilhante suavemente.

– Não, querido – respondeu Dorothy. – Melhor do que isso, fazem parte da residência feérica de um príncipe das fadas.

O CASTELO DE ESTANHO DO IMPERADOR

O terreno ao redor da nova casa de Nick Lenhador foi planejado com belos canteiros de flores, fontes de água cristalina e estátuas de estanho que representavam os amigos pessoais do imperador. Dorothy ficou surpresa e encantada ao encontrar uma estátua de lata que a representava, de pé sobre um pedestal de estanho, em uma curva da avenida que levava até a entrada do castelo. Ela era de tamanho real e a representava com seu chapéu de sol, segurando sua cesta, do jeito que ela aparecera pela primeira vez na Terra de Oz.

– Oh, Totó, você também está ali! – ela exclamou, e com certeza lá estava a figura de lata de Totó, deitado aos pés da Dorothy de estanho.

Além disso, Dorothy viu figuras do Espantalho, do Mágico e de Ozma, e de muitos outros, incluindo Tic-Tac. Eles chegaram à grande entrada de estanho do castelo, e o próprio Homem de Lata veio correndo porta afora para abraçar a pequena Dorothy e dar-lhe as boas-vindas. Ele cumprimentou e se apresentou aos amigos dela, e à filha do Arco-íris ele declarou ser a visão mais linda que seus olhos de zinco já haviam visto. Ele afagou a cabeça cacheada de Botão-Brilhante com ternura, pois ele gostava de

L. Frank Baum

crianças, e virou-se para o Homem-Farrapo e apertou-lhe ambas as mãos ao mesmo tempo.

Nick Lenhador, o imperador dos winkies, também conhecido em toda a Terra de Oz como o Homem de Lata, era certamente uma pessoa notável. Ele foi meticulosamente projetado, todo em estanho, bem soldado em suas juntas, e seus membros foram habilmente articulados ao corpo para que ele pudesse usá-los quase tão bem como se fossem feitos de carne. Tempos atrás, ele contou ao homem do Ímã do Amor, já fora totalmente de carne e osso, como as outras pessoas são, e ele costumava cortar lenha na floresta para ganhar a vida. Mas o machado mais de uma vez escorregou de sua mão com tanta força que cortou partes dele, até ele ser completamente substituído por estanho. Não sobrou nada de carne em seu corpo além de estanho, e assim ele tornou-se um verdadeiro lenhador de lata. Tempos depois, o maravilhoso Mágico de Oz deu-lhe um excelente coração para substituir o velho, e ele não se importava que fosse de lata. Todos o amavam, e ele amava cada um. Portanto, ele estava tão feliz quanto possível.

O imperador estava orgulhoso de seu novo castelo de estanho e mostrou aos visitantes todos os quartos. Cada pedaço da mobília era feito de lata brilhantemente polida, as mesas, as cadeiras, as camas, tudo, até mesmo os pisos e paredes eram de lata.

– Suponho – disse ele – que não haja funileiros mais espertos em todo o mundo do que os winkies. Seria difícil este castelo combinar no Kansas, não seria, pequena Dorothy?

– Sim, seria – respondeu a criança.

– Deve ter custado muito dinheiro – comentou o homem de cabelos e bigodes desalinhados.

– Dinheiro? Dinheiro em Oz? – gritou o Homem de Lata. – Que ideia esquisita! Você acha que somos tão ordinários a ponto de usar dinheiro aqui?

– Por que não? – perguntou o homem maltrapilho.

– Se usássemos dinheiro para comprar coisas, em vez de amor e bondade e o desejo de agradar uns aos outros, não seríamos melhores do que o resto do mundo – declarou o lenhador. – Felizmente, o dinheiro não é conhecido na Terra de Oz. Não temos ricos e nem pobres, pois aquilo

A estrada para Oz

que um deseja os outros tentam dar-lhe a fim de fazê-lo feliz, e ninguém em toda Oz preocupa-se em ter mais do que consegue usar.

– Boa! – exclamou o homem, muito satisfeito em ouvir isso. – Eu também desprezo o dinheiro. Um homem em Butterfield me deve quinze centavos, e eu não cobrei dele. A Terra de Oz é certamente a terra mais favorecida em todo o mundo, e seu povo o mais feliz. Eu gostaria de viver aqui para sempre.

O Homem de Lata o ouviu com atenção respeitosa e de imediato amou o Homem-Farrapo, embora ainda não soubesse da existência do Ímã do Amor. Então ele disse:

– Se você puder provar para a princesa Ozma que é honesto, verdadeiro e digno de nossa amizade, você poderá realmente viver aqui todos os seus dias, e ser tão feliz quanto nós.

– Vou tentar provar isso – disse o homem de vestes esfarrapadas, sério.

– E agora – continuou o imperador –, todos vocês devem ir cada qual para seu quarto e aprontar-se para o jantar que logo será servido no grande salão de estanho. Lamento, Homem-Farrapo, por não poder oferecer-lhe um muda de roupa, mas eu me visto apenas com estanho e acredito que isso não combinaria com você.

– Não dou importância às roupas – disse o homem maltrajado, indiferentemente.

– Foi o que imaginei – respondeu o imperador, com verdadeira polidez.

Eles foram conduzidos aos quartos e autorizados a se arrumarem o quanto quisessem, pois logo se reuniriam novamente no grande salão de jantar de estanho, e até mesmo Totó foi convidado, pois o imperador gostava do cachorrinho de Dorothy, e a menina explicou aos amigos que em Oz todos os animais eram tratados com a mesma consideração que as pessoas, se eles se comportassem, é claro – acrescentou ela.

Totó, comportado, sentou-se em uma cadeira de lata ao lado de Dorothy e comeu o jantar em uma bandeja de estanho. Na verdade, todos estavam comendo em pratos de lata, mas estes eram primorosos e brilhantemente polidos, e Dorothy considerava serem tão bons quanto os de prata.

Botão-Brilhante olhava com curiosidade para o homem que "nunca tinha apetite". O Homem de Lata, porém, embora tivesse preparado um excelente banquete para seus convidados, não comeu nada, sentando-se pacientemente em seu lugar para verificar se tudo que fora preparado para eles estava fartamente servido.

O que mais agradou a Botão-Brilhante no jantar foi a orquestra de lata, que tocava uma doce melodia enquanto os viajantes comiam. Os músicos não eram de lata, apenas winkies comuns, mas os instrumentos que tocavam eram todos, trompetes, violinos, tambores, pratos, flautas e cornetas, todos de estanho. Eles tocaram tão bem a "Valsa do Imperador Brilhante", composta expressamente em homenagem ao Homem de Lata pelo senhor M. A. Besourão, I. I., que Polly não resistiu à vontade de dançar. Depois de ela ter provado algumas gotas de orvalho recém-colhidas para ela, a filha do Arco-íris dançou graciosamente com a música enquanto os outros terminavam sua refeição, e ela girou até que os tecidos felpudos de seu vestido, com tons de arco-íris, a envolvessem como uma nuvem. Assistindo a isso, o Homem de Lata ficou tão feliz que bateu palmas com suas mãos de estanho, fazendo um som tão alto que abafou o som dos pratos. A refeição no fim das contas foi muito divertida, embora Policromia tivesse comido pouco e seu anfitrião absolutamente nada.

– Lamento que a filha do Arco-íris tenha sentido falta de seus bolos de névoa – disse o Homem de Lata para Dorothy. – Mas por um engano os bolos de névoa da senhora Polly foram perdidos e até agora não foram achados. Vou ver se consigo para ela mais um pouco no café da manhã.

Eles passaram a noite contando histórias, e na manhã seguinte deixaram o esplêndido castelo de estanho e retomaram sua jornada para a Cidade das Esmeraldas. O Homem de Lata foi com eles, é claro, já que a essa altura estava tão fulgurantemente polido que brilhava como prata. Seu machado, que sempre carregava consigo, tinha uma lâmina de aço que era folheada a estanho e um cabo coberto com folhas de flandres lindamente gravadas e cravejado de diamantes.

Os winkies reuniram-se diante dos portões do castelo e aplaudiram seu imperador enquanto ele marchava, e percebia-se que todos o amavam muito.

VISITANDO O CAMPO DE ABÓBORAS

Dorothy deixou Botão-Brilhante dar corda no homem de cobre esta manhã, seu maquinário relacionado ao pensamento primeiro, depois sua fala e, finalmente, seus movimentos. Então ele sem dúvida iria funcionar perfeitamente até que eles chegassem à Cidade das Esmeraldas. O Homem-Máquina e o homem de estanho eram bons amigos, mas não eram tão semelhantes como se pode imaginar. Um estava vivo, e o outro era movido mecanicamente; um era alto e esguio, e o outro baixo e redondo. É possível amar o Homem de Lata porque ele é em sua essência cordial, gentil e simples, mas o Homem-Máquina só é possível admirar, mas não amar, visto que amar uma coisa como ele era tão impossível quanto amar uma máquina de costura ou um automóvel. No entanto, o Tic-Tac era popular com o povo de Oz porque era tão leal, confiável e verdadeiro. Ele fazia exatamente o que era programado para fazer, todas as vezes e em todas as circunstâncias. Às vezes é melhor ser uma máquina que cumpre seu dever do que uma pessoa de carne e osso que não o faz, pois aquilo que é inanimado e verdadeiro tem mais valor do que aquele que é animado e falso.

Por volta de meio-dia, os viajantes chegaram a um grande campo de abóboras, um fruto bastante apropriado para o país amarelo dos winkies, e algumas delas que ali cresciam eram de tamanho notável. Um pouco antes de entrarem neste campo, eles avistaram três pequenos montes que pareciam túmulos, com uma bela lápide em cada um deles.

– O que é isso? – perguntou Dorothy, maravilhada.

– É o cemitério particular de Jack Cabeça de Abóbora – respondeu o Homem de Lata.

– Mas eu pensei que ninguém jamais morreria em Oz – disse ela.

– Não podem, mas se alguém for mau, ele pode ser condenado à morte pelos bons cidadãos – respondeu ele.

Dorothy correu para as pequenas sepulturas e leu as palavras gravadas nas lápides. A primeira dizia:

AQUI JAZ A PARTE MORTAL DE
JACK CABEÇA DE ABÓBORA
QUE SE ESTRAGOU, 9 DE ABRIL

Ela então foi para a próxima pedra, que dizia:

AQUI JAZ A PARTE MORTAL DE
JACK CABEÇA DE ABÓBORA
QUE SE ESTRAGOU, 2 DE OUTUBRO.

Na terceira pedra foram gravadas as seguintes palavras:

AQUI JAZ A PARTE MORTAL DE
JACK CABEÇA DE ABÓBORA
QUE SE ESTRAGOU, 24 DE JANEIRO.

– Pobre Jack! – suspirou Dorothy. – Eu sinto muito que ele teve que morrer em três partes, pois eu esperava vê-lo novamente.

– E você verá – declarou o Homem de Lata – já que ele ainda está vivo. Venha comigo para a casa dele, pois Jack agora é um fazendeiro e mora neste campo de abóbora.

A estrada para Oz

Eles caminharam até uma monstruosa abóbora, enorme e oca, que tinha uma porta e janelas cortadas na casca. Havia uma chaminé passando pelo caule e seis degraus foram construídos para levar até a porta da frente. Eles caminharam até a porta e olharam para dentro. Sentado em um banco estava um homem vestido com uma camisa de poás, um colete vermelho e calças azuis desbotadas, cujo corpo era apenas pedaços de madeira, unidos de forma desorganizada. Em seu pescoço, foi colocada uma abóbora amarela redonda, com um rosto esculpido nela, como uma criança costuma esculpir em uma lanterna de Halloween.

Este homem esquisito estava empenhado em quebrar sementes de abóbora escorregadias com seus dedos de madeira, tentando acertá-las em um alvo do outro lado da sala. Ele não sabia que tinha visitantes em sua residência até que Dorothy exclamou:

– Ora, é o próprio Jack Cabeça de Abóbora!

Ele se virou e os viu, e imediatamente avançou para cumprimentar a pequena garota do Kansas e Nick Lenhador, e ser apresentado a seus novos amigos. Botão-Brilhante foi no início bastante tímido com a pitoresca cabeça de abóbora, mas o rosto de Jack estava tão alegre e sorridente, tendo sido esculpido dessa forma, que o menino logo começou a gostar dele.

– Eu pensei agora há pouco que você estava enterrado em três partes – disse Dorothy –, mas agora vejo que você é o mesmo de sempre.

– Não sou bem o mesmo, minha querida, pois minha boca é um pouco mais unilateral do que costumava ser, sou quase o mesmo. Eu tenho uma nova cabeça, e esta é a quarta que possuo desde que Ozma me trouxe à vida borrifando-me com o Pó Mágico.

– O que aconteceu com as outras cabeças, Jack?

– Elas estragaram-se e eu as enterrei, pois não serviam nem para tortas. Mas, ainda que toda vez Ozma esculpisse para mim uma nova cabeça, igual à antiga, meu corpo permanecia sempre, de longe, a maior parte de mim, então continuei sendo o Jack Cabeça de Abóbora, não importando quantas vezes eu mudasse minha parte superior. Uma vez, tendo dificuldade na hora de encontrar outra abóbora, pois estava fora de época, acabei sendo obrigado a usar minha velha cabeça um pouco mais do que o recomendável.

L. Frank Baum

– Mas depois dessa triste experiência, resolvi plantar abóboras por conta própria para nunca mais ser pego desprevenido, e agora tenho esse belo campo que veem diante de vocês. Algumas abóboras ficam gigantes, grandes demais para serem usadas como cabeça, então desenterrei esta aqui e a usei como casa.

– Não está úmida? – perguntou Dorothy.

– Não muito. Não sobrou muito dela, somente a casca, como podem ver, e vai durar muito tempo ainda.

– Eu acho que você está mais inteligente do que nunca, Jack – disse o Homem de Lata. – Sua última cabeça foi estúpida.

– As sementes desta aqui são melhores – foi a resposta.

– Você vai para a festa de Ozma? – perguntou Dorothy.

– Sim – disse ele. – Eu não perderia por nada. Ozma foi quem me deu vida, você sabe, pois ela construiu meu corpo e esculpiu minha cabeça de abóbora. Seguirei com vocês para a Cidade das Esmeraldas amanhã, onde nos encontraremos novamente. Não posso ir hoje porque tenho de plantar sementes de abóbora frescas e aguar as vinhas. Mas deem lembranças a Ozma e digam a ela que estarei lá a tempo para a jubilação.

– Faremos isso – ela prometeu. – E então eles o deixaram e retomaram sua jornada.

A CHEGADA DA CARRUAGEM REAL

As ajeitadas casas amarelas dos winkies agora podiam ser vistas aqui e ali ao longo da estrada, dando ao país uma aparência mais alegre e civilizada. Elas eram casas de fazenda, muito distantes umas das outras, porque na Terra de Oz não havia cidades ou vilas, exceto a magnífica Cidade das Esmeraldas, que ficava no centro de Oz.

Cercas-vivas e rosas amarelas delimitavam a ampla rodovia e as fazendas, mostrando o cuidado de seus habitantes trabalhadores. Quanto mais perto os viajantes chegavam da grande cidade, mais próspero o país se tornava, e eles cruzaram muitas pontes sobre os cintilantes córregos e riachos que irrigavam as terras.

Enquanto caminhavam vagarosamente, o Homem-Farrapo disse ao Homem de Lata:

– Que tipo de pó mágico era aquele que fez seu amigo Cabeça de Abóbora ganhar vida?

– É chamado de Pó da Vida – foi a resposta. – Ele foi inventado por um feiticeiro torto que vivia nas montanhas do País do Norte. Uma bruxa, chamada Mombi, conseguiu um pouco deste pó com o Feiticeiro e o levou para casa. Ozma vivia com a bruxa até então, pois isso foi antes de ela se tornar nossa princesa, quando Mombi a transformara em um menino. Bem, enquanto Mombi foi até o Feiticeiro torto, o menino fez este homem com cabeça de abóbora para se divertir, e também com a intenção de assustar a bruxa quando ela retornasse. Mas Mombi não ficou com medo, e borrifou o Cabeça de Abóbora com seu Pó da Vida, para descobrir se o pó funcionaria. O menino estava assistindo a tudo e viu a cabeça de abóbora ganhar vida. Então, à noite, ele pegou a caixa de pimenta que continha o pó e fugiu com Jack, em busca de aventuras.

– No dia seguinte, eles encontraram um cavalete de madeira parado na beira da estrada, e o menino borrifou-o com o pó, fazendo-o ganhar vida no mesmo instante, e Jack Cabeça de Abóbora cavalgou o Cavalete até a Cidade das Esmeraldas.

– O que aconteceu com o Cavalete, depois? – perguntou o homem desalinhado, muito interessado nesta história.

– Oh, ele ainda está vivo, e provavelmente você irá encontrá-lo agora na Cidade das Esmeraldas. Por fim, Ozma usou o que restava do pó para trazer o Cervilho voador à vida, mas assim que ele a levou para longe de seus inimigos, Cervilho foi desmontado, por isso ele não existe mais.

– É uma pena que o Pó da Vida tenha acabado – comentou o Homem-Farrapo. – Seria uma coisa útil de se ter por perto.

– Não estou tão certo disso, senhor – respondeu o lenhador. – Um tempo atrás, o Feiticeiro torto que inventou o Pó Mágico caiu no precipício e morreu. Todos os seus bens foram para uma parente, uma velha chamada Dyna, que mora na Cidade das Esmeraldas. Ela foi para as montanhas onde o Feiticeiro viveu e trouxe tudo que pensava ser de valor. Entre as coisas estava um pequeno frasco do Pó da Vida, mas é claro que Dyna não sabia que aquilo era um pó mágico. O que aconteceu foi que ela tinha um grande urso azul como animal de estimação, mas o animal um dia sufocou-se até a morte com uma espinha de peixe, e ela o amava tanto que fez um tapete de sua pele, deixando a cabeça e as quatro patas. E ela manteve o tapete no chão de sua sala da frente.

– Já vi tapetes assim – disse o homem, acenando com a cabeça –, mas nunca um feito de um urso azul.

A ESTRADA PARA OZ

– Bem – continuou o Homem de Lata –, a velha pensou que o pó na garrafa devia ser um pó de traça, porque cheirava como tal, então, um dia ela borrifou em seu tapete de urso para manter as mariposas longe dele, e, olhando amorosamente para a pele, disse: "Eu queria que meu querido urso estivesse vivo novamente!". Para seu horror, o tapete de urso voltou à vida de uma vez, assim que foi borrifado com o Pó Mágico, e agora o tapete de urso vivo é uma grande provação para ela e causa-lhe muitos problemas.

– Por quê? – perguntou o homem de bigodes despenteados.

– Bem, ele se levanta nas quatro patas, anda por toda parte e fica em seu caminho, deturpando a ideia de ser um tapete. Mesmo estando vivo, ele não pode falar, pois, embora sua cabeça possa dizer palavras, ela não tem um corpo sólido para respirar e empurrar as palavras para fora da boca. É uma situação muito delicada, aquele tapete de urso, e a velha lamenta que ele tenha voltado à vida. Todos os dias ela tem que repreendê-lo, e fazê-lo deitar no chão da sala para ser pisado, mas, às vezes, quando ela vai ao mercado, o tapete arqueia-se, fica em pé e a acompanha.

– Acho que Dyna gostaria disso – disse Dorothy.

– Bem, ela não gosta porque todos sabem que não é um urso de verdade, mas apenas uma pele oca e, portanto, sem uso real no mundo, exceto para um tapete – respondeu o Homem de Lata. – Portanto, acredito que é uma boa coisa que todo o Pó Mágico da Vida já tenha sido usado, assim não pode causar mais problemas.

– Talvez você tenha razão – disse o homem vestido com trapos, pensativo.

Ao meio-dia, eles pararam em uma casa de fazenda, o que agradou ao fazendeiro e a sua esposa, que lhes prepararam um bom almoço. O povo da fazenda conhecia Dorothy, tendo-a visto da outra vez em que ela esteve no país, e trataram a menina com tanto respeito quanto trataram o imperador, porque ela era amiga da poderosa princesa Ozma.

Eles não tinham avançado muito depois de terem deixado a casa de fazenda quando viram uma ponte alta sobre um rio extenso. Este rio, segundo o Homem de Lata, era a fronteira entre o País dos Winkies e o território da Cidade das Esmeraldas. A cidade em si ainda estava bem longe, mas ao seu redor havia um prado verde tão bonito quanto um

105

gramado bem cuidado, e no prado não havia casas nem fazendas para estragar a beleza do cenário.

Do topo da ponte alta, eles podiam ver de longe as torres magníficas e as cúpulas esplêndidas da cidade maravilhosa, cintilantes como joias brilhantes que se elevavam acima das paredes de esmeralda. O homem desgrenhado respirou fundo em admiração e espanto, pois jamais sonhara que um lugar tão grandioso e bonito pudesse existir, mesmo no reino das fadas de Oz.

Polly ficou tão admirada que seus olhos violetas brilharam como ametistas, e ela dançou, longe de seus companheiros, pela ponte em direção a um grupo de árvores frondosas que arborizavam ambos os lados da estrada. Ela parou para olhar essas árvores com prazer e surpresa, pois suas folhas eram moldadas como plumas de avestruz, com as pontas lindamente enroladas, e todas elas eram tingidas nos mesmos tons delicados do arco-íris que se viam no belo vestido de tule de Policromia.

– Meu pai deveria ver essas árvores – murmurou ela. – Elas são tão adoráveis quanto o próprio arco-íris.

De repente ela teve um sobressalto de terror, pois sob as árvores a espreitavam dois grandes animais, um deles grande o suficiente para esmagar a pequena filha do Arco-íris com um golpe de suas patas, ou comê-la com um estalo de suas enormes mandíbulas. Um era um leão fulvo, da altura de um cavalo, aproximadamente, o outro, um tigre listrado quase do mesmo tamanho.

Polly estava com muito medo para gritar ou se mexer. Ela ficou parada com o coração batendo descontroladamente, até que Dorothy passou por ela com um grito de alegria jogando os braços em volta do pescoço do leão enorme, abraçando e beijando a besta com explícita alegria.

– Oh, estou MUITO feliz em ver você de novo! – gritou a garotinha do Kansas. – E o Tigre Faminto também! Como vocês estão bonitos. Vocês estão bem e felizes?

– Certamente estamos, Dorothy – respondeu o Leão, com uma voz profunda que soou agradável e gentil. – E estamos muito satisfeitos que você tenha vindo para a festa de Ozma. Vai ser um grande evento, eu prometo a você.

A ESTRADA PARA OZ

– Haverá muitos bebês rechonchudos na celebração, ouvi dizer – comentou o Tigre Faminto, bocejando tanto que abriu a boca tão terrivelmente, que exibiu todos os seus dentes grandes e afiados –, mas claro que não posso comer nenhum deles.

– Sua consciência ainda está em ordem? – perguntou Dorothy, ansiosa.

– Sim, ela me governa como um tirano – respondeu o Tigre, pesaroso. – EU não posso imaginar nada mais desagradável do que possuir uma Consciência – falou piscando maliciosamente para seu amigo Leão.

– Você está me enganando! – disse Dorothy, com uma risada. – Eu não acredito que você comeria um bebê se perdesse sua consciência. Venha aqui, Polly, – ela chamou – para eu apresentá-la aos meus amigos.

Polly avançou timidamente.

– Você tem alguns amigos estranhos, Dorothy – disse ela.

– A estranheza não importa, desde que sejam amigos – foi a resposta. – Este é o Leão Covarde, que não é um covarde, apenas pensa que é. O Mágico deu-lhe coragem uma vez, e ele ainda tem parte dela.

O Leão curvou-se com grande dignidade para Polly.

– Você é muito adorável, minha querida – disse ele. – Espero que sejamos amigos quando nos conhecermos melhor.

– E este é o Tigre Faminto – continuou Dorothy. – Ele diz que anseia comer bebês gordos, mas a verdade é que ele nunca está com fome, porque ele tem muito o que comer, e eu suponho que ele não machucaria ninguém, mesmo que estivesse com fome.

– Calma, Dorothy – sussurrou o Tigre. – Você vai arruinar minha reputação se você não for mais discreta. Não é o que somos, mas o que as pessoas pensam que nós somos, isso conta neste mundo. E, pensando bem, senhorita Polly daria um ótimo café da manhã variegado, tenho certeza.

A CIDADE DAS ESMERALDAS

Os outros vieram em seguida, e o Homem de Lata cumprimentou o Leão e o Tigre cordialmente. Botão-Brilhante gritou de medo quando Dorothy pegou-lhe a mão e o conduziu em direção aos grandes animais, mas a garota insistiu que eles eram gentis e bons, então o menino criou coragem o suficiente para acariciar a cabeça deles. Depois de terem falado com ele gentilmente e de ele ter olhado em seus olhos inteligentes, seu medo desapareceu completamente, e o menino marinheiro ficou tão encantado com os animais que queria ficar perto deles para acariciar-lhes o pelo macio a cada minuto.

Quanto ao Homem-Farrapo, poderia ter ficado com medo se tivesse conhecido as bestas sozinho, ou em qualquer outro país, mas tantas eram as maravilhas na Terra de Oz que ele não era mais facilmente surpreendido, e a amizade de Dorothy pelo Leão e pelo Tigre foi o suficiente para garantir-lhe que eles eram uma companhia segura. Totó latiu para o Leão Covarde em uma saudação alegre, pois ele já conhecia a besta e o amava, e era engraçado ver a delicadeza com que o Leão erguia sua enorme pata para acariciar a cabeça de Totó. O cachorrinho cheirou o focinho do Tigre, e este educadamente balançou suas patas com as dele, portanto, era bem provável que se tornassem bons amigos.

A ESTRADA PARA OZ

Tic-Tac e Billina conheciam bem as feras, então apenas desejaram-lhes um bom dia, perguntaram sobre sua saúde e indagaram sobre a princesa Ozma.

Somente agora o grupo de viajantes percebeu que o Leão Covarde e o Tigre Faminto estavam puxando atrás deles uma esplêndida carruagem dourada, atrelada por cordões de ouro. O corpo da carruagem foi decorado na parte exterior com desenhos de esmeraldas cintilantes, e a parte de dentro era forrada com um cetim verde e dourado, e as almofadas dos assentos eram de pelúcia verde com uma coroa bordada em ouro, e embaixo dela havia um monograma.

– Ora, é a carruagem real de Ozma! – exclamou Dorothy.

– Sim – disse o Leão Covarde. – Ozma nos enviou para encontrá-la aqui, pois ela ficou com receio de que você se cansasse com sua longa caminhada e ordenou que você entrasse na cidade de modo que transparecesse sua posição elevada.

– O quê? – gritou Polly, olhando para Dorothy com curiosidade. – Você pertence à nobreza?

– Somente em Oz – disse a criança –, porque Ozma me fez uma princesa. Mas quando estou em casa, no Kansas, sou apenas uma garota do interior que tem que ajudar a fazer manteiga e secar os pratos enquanto tia Em os lava. Você tem que ajudar a lavar pratos no arco-íris, Polly?

– Não, querida – respondeu Policromia, sorrindo.

– Bem, eu também não tenho que trabalhar em Oz – disse Dorothy. – É divertido ser princesa de vez em quando, você não acha?

– Dorothy, Policromia e Botão-Brilhante, todos devem fazer o restante da viagem dentro da carruagem – disse o Leão. – Então entrem, meus queridos, e tenham cuidado para não estragarem o ouro ou colocarem seus pés empoeirados no bordado.

Botão-Brilhante ficou encantado por estar sendo conduzido por um grupo tão magnífico, e ele disse a Dorothy que isso o fazia sentir-se um ator de circo. Conforme os passos dos animais os traziam para mais perto da Cidade das Esmeraldas, cada cidadão se curvava respeitosamente às crianças, bem como ao Homem de Lata, Tic-Tac e ao Homem-Farrapo, que vinham mais atrás.

109

A Galinha Amarela havia pousado na parte de trás da carruagem, onde ela poderia contar a Dorothy mais sobre seus pintinhos maravilhosos enquanto viajavam. E assim a grande carruagem finalmente chegou ao muro alto que cercava a cidade, parando diante dos magníficos portões cravejados de joias, abertos por um homenzinho de aparência alegre, que usava óculos verdes. Dorothy o apresentou a seus amigos como o Guardião dos Portões, e eles notaram um grande molho de chaves suspenso na corrente dourada que pendia em seu pescoço. A carruagem passou pelos portões externos em uma bela câmara arqueada construída em um muro espesso, e através dos portões internos para as ruas da Cidade das Esmeraldas.

Policromia ficou em êxtase com a beleza maravilhosa que avistava por todos os lados enquanto cavalgavam pela majestosa e imponente cidade, que igual ela nunca havia descoberto, mesmo na Terra das Fadas. Botão-Brilhante só conseguia dizer "Nossa!" de tão incrível que era sua visão, e seus olhos estavam bem abertos na tentativa de alcançar todas as direções ao mesmo tempo, para não perder nada.

O Homem-Farrapo ficou bastante surpreso com o que viu, pois os graciosos e belos edifícios eram cobertos com placas de ouro e decorados com esmeraldas tão esplêndidas e valiosas, que em qualquer outra parte do mundo qualquer uma delas valeria uma fortuna para quem as possuísse. As calçadas eram placas de mármore magnificamente polidas, tão lisas quanto vidro, e os meios-fios que as separavam das ruas eram feitos de grossas esmeraldas amontoadas. Havia muitas pessoas no caminho, homens, mulheres e crianças, todos vestidos com belas roupas de seda, cetim ou veludo, e com belas joias. E o melhor de tudo é que todos pareciam felizes e contentes, pois tinham o sorriso no rosto, livre de preocupações, e a música e os risos podiam ser ouvidos por todos os lados.

– Eles não trabalham mesmo? – perguntou o Homem-Farrapo.

– Certamente trabalham – respondeu o Homem de Lata. – Esta cidade justa não poderia ter sido construída ou mantida sem trabalho, nem mesmo teríamos frutas, vegetais e outros alimentos para os habitantes comerem. Mas ninguém trabalha mais da metade do tempo, e o povo de Oz gosta de trabalhar tanto quanto seu ofício.

– Isso é maravilhoso! – declarou o homem. – Espero que Ozma deixe eu morar aqui.

A carruagem deu volta por muitas ruas charmosas, parou diante de um edifício tão vasto, nobre e elegante, que até Botão-Brilhante adivinhou imediatamente se tratar do Palácio Real. Seu amplo terreno com jardins era cercado por um muro, não tão alto ou espesso quanto o da cidade, mas com um design mais delicado e construído todo em mármore verde. Os portões se abriram quando a carruagem apareceu diante deles, e o Leão Covarde e o Tigre Faminto trotaram por uma entrada para veículos cheia de joias que dava para a entrada principal do palácio.

– Aqui estamos! – disse Dorothy alegremente, ajudando Botão--Brilhante a sair da carruagem. Policromia saltou levemente atrás deles, e foram saudados por uma multidão de servos elegantemente vestidos, que se curvaram enquanto os visitantes subiam os degraus de mármore. No topo da escadaria estava uma linda donzela, de cabelos e olhos escuros, vestida de verde com bordado prata. Dorothy correu até ela com evidente prazer e exclamou:

– Oh, é Jellia Jamb! Estou tão feliz em vê-la novamente. Onde está Ozma?

– No quarto dela, Vossa Alteza – respondeu a criada recatadamente, pois ela era a atendente favorita de Ozma. – Ela deseja que você venha até ela assim que você descansar e trocar de vestido, princesa Dorothy. E você e seus amigos vão jantar com ela esta noite.

– Quando é o aniversário dela, Jellia? – perguntou a garota.

– Depois de amanhã, Vossa Alteza.

– E onde está o Espantalho?

– Ele foi para o País dos Munchkins para pegar um pouco de palha nova para encher seu corpo, em honra à celebração de Ozma – respondeu a criada. – Ele retornará à Cidade das Esmeraldas amanhã – disse ela.

A essa altura, Tic-Tac, o Homem de Lata e o Homem-Farrapo já haviam chegado, e a carruagem deu a volta pela parte de trás do palácio. Billina foi com o Leão e o Tigre para ver como estavam seus pintinhos após sua ausência. Mas Totó ficou perto de Dorothy.

– Entrem, por favor – disse Jellia Jamb. – Será um imenso prazer acompanhá-los aos quartos preparados para uso.

O Homem-Farrapo hesitou. Dorothy nunca o tinha visto ter vergonha de sua aparência molambenta antes, mas agora que ele estava cercado por tanta magnificência e esplendor, o homem sentia-se tristemente deslocado.

Dorothy garantiu a ele que todos os seus amigos eram bem-vindos no palácio de Ozma, então ele cuidadosamente espanou seus sapatos esburacados com seu lenço e entrou no grande salão após os outros.

Tic-Tac morava no Palácio Real, e o Homem de Lata ficava nos mesmos aposentos sempre que visitava Ozma. Então os dois foram imediatamente remover do corpo brilhante a poeira da jornada. Dorothy também tinha um belo conjunto de aposentos que ela sempre ocupava quando vinha à Cidade das Esmeraldas, mas vários servos avançaram educadamente para mostrar-lhe o caminho, embora ela tivesse certeza de que poderia encontrar os quartos sozinha.

Ela levou Botão-Brilhante com ela, porque ele parecia muito pequeno para ser deixado sozinho em um palácio tão grande, e a própria Jellia Jamb conduziu a linda filha do Arco-íris para seu apartamento, porque era fácil de ver que Policromia estava acostumada com esplêndidos palácios e, portanto, deveria ter uma atenção especial.

BOAS-VINDAS AO HOMEM-FARRAPO

O Homem-Farrapo estava no grande salão, com seu chapéu esfarrapado nas mãos, imaginando o que seria dele. O maltrapilho nunca tinha sido convidado para um belo palácio antes, e talvez ele nunca tivesse sido convidado para lugar algum. No imenso e gélido mundo exterior, as pessoas não convidavam homens vestidos em trapos para sua casa, e este nosso homem tinha dormido mais em palheiros e estábulos do que em quartos confortáveis em sua vida. Quando os outros deixaram o grande salão, ele olhou os servos esplendidamente vestidos da princesa Ozma como se esperasse ser mandado embora, mas um deles se curvou diante dele respeitosamente como se fosse um príncipe, e disse:
– Permita-me, senhor, conduzi-lo aos seus aposentos.
O homem então respirou fundo e tomou coragem.
– Muito bem – respondeu ele. – Estou pronto.
Eles atravessaram o grande salão, subiram a grande escadaria atapetada com veludo, e caminharam por um longo corredor até uma porta esculpida. Aqui, o servo fez uma pausa e, abrindo a porta, disse com polida deferência:

– Tenha a bondade de entrar, senhor, e sinta-se em casa nos quartos que nossa Ozma ordenou que preparássemos. Tudo o que se tem aqui é para seu uso e deleite, como se fosse seu. A princesa janta às sete, e eu estarei aqui a tempo de levá-lo à sala de visitas, onde você terá o privilégio de conhecer a adorável governante de Oz. Existe algum pedido, com o qual deseja me honrar?

– Não – disse o homem de cabelos desalinhados. – Mas estou muito agradecido.

Ele entrou na sala e fechou a porta, e por um tempo ficou perplexo, admirando a grandeza diante dele.

Ele tinha recebido um dos apartamentos mais bonitos no palácio mais magnífico do mundo, e não é de se admirar que sua boa sorte o tivesse surpreendido e impressionado até ele conseguir se acostumar com o ambiente.

Os móveis eram estofados em tecido de ouro, com a coroa real bordada neles em escarlate. O tapete no chão de mármore era tão grosso e macio que ele não podia ouvir o som de seus próprios passos, e nas paredes havia esplêndidas tapeçarias tecidas com cenas da Terra de Oz. Havia livros e enfeites espalhados em profusão, e o homem descabelado reconheceu que jamais tivera visto tantas coisas bonitas em um só lugar. Em um canto estava uma fonte tilintante de água perfumada, e em outro havia uma mesa com uma bandeja dourada repleta de frutas recém-colhidas, incluindo várias maçãs rosadas que o homem amava.

No final deste aposento encantador, havia uma porta aberta, que ele cruzou para se deparar com um quarto que continha mais confortos do que o Homem-Farrapo jamais havia imaginado. A cabeceira da cama era de ouro, cravejada com muitos diamantes brilhantes, e a colcha tinha pérolas e rubis costurados nela. De um lado do quarto havia um camarim requintado, com armários repletos de uma grande variedade de roupas novas; e ali também estava o banheiro, um grande espaço com uma piscina de mármore grande o suficiente para nadar, com degraus em mármore branco que levavam até a água. Em torno da borda da piscina havia fileiras de esmeraldas do tamanho de maçanetas de portas, e a água para se banhar era clara como cristal.

A ESTRADA PARA OZ

Por um tempo, o homem contemplou todo esse luxo em silêncio, espantado. Então ele decidiu, sendo alguém sábio, aproveitar de sua boa sorte. Ele tirou suas botas esburacadas e suas roupas, e se banhou na piscina com raro prazer. Depois de se enxugar com as toalhas macias, ele entrou no vestiário e pegou roupas limpas das gavetas e vestiu, descobrindo que tudo se encaixava perfeitamente nele. Ele examinou o conteúdo dos armários e escolheu um terno elegante. Estranhamente, tudo nele era desgrenhado, embora fossem novos e bonitos, e ele suspirou de contentamento ao perceber que agora ele estaria bem-vestido e ainda assim seria o mesmo Homem-Farrapo. Seu casaco era de veludo rosa, enfeitado com cordões e camadas repicadas, enroladas para fora nas extremidades, e botões de rubis vermelho-sangue. Seu colete era de cetim desgrenhado em um delicado tom creme, e suas calças eram de veludo rosa com o mesmo acabamento do casaco. Meias esfarrapadas de seda na cor creme e chinelos andrajosos de couro rosa com fivelas de rubi completaram seu traje, e assim que terminou de se vestir, o Homem-Farrapo olhou para si mesmo em um amplo espelho com grande admiração. Em uma mesa, ele encontrou um baú de madrepérola decorado com delicadas vinhas de prata e flores de rubis, e na tampa havia uma placa de prata gravada com estas palavras:

HOMEM-FARRAPO:
SUA CAIXA DE ORNAMENTOS

O baú não estava trancado, então ele o abriu e quase se deslumbrou com o brilho das ricas joias ali contidas. Depois de admirar os belíssimos ornamentos, ele pegou um belo relógio de ouro com uma grande corrente, vários belos anéis e um *bottom* de rubis para pregar em sua camisa desalinhada. Tendo cuidadosamente escovado seus cabelos e bigodes de forma errada para torná-los o mais desgrenhado possível, o homem deu então um profundo suspiro de alegria e concluiu que estava pronto para encontrar a princesa real assim que ela mandasse chamá-lo. Para passar o tempo, ele voltou para a bela sala de estar e ficou comendo várias das maçãs rosadas.

L. Frank Baum

Enquanto isso, Dorothy havia se vestido com um lindo vestido cinza claro bordado com prata, e colocado um terno de cetim azul e dourado no pequeno Botão-Brilhante, que parecia tão doce quanto um querubim. Seguida pelo menino e Totó, que estava com uma nova fita verde ao redor de seu pescoço, ela desceu rapidamente para a esplêndida sala de visitas do palácio, onde, sentada em um trono requintado de malaquita esculpida, aninhada entre suas almofadas de cetim verde, estava a linda princesa Ozma, esperando ansiosamente para receber sua amiga.

PRINCESA OZMA DE OZ

Os historiadores reais de Oz, que são bons escritores e conhecem muitas palavras difíceis, muitas vezes tentam descrever a rara beleza de Ozma e falham, porque as palavras não são boas o suficiente. Então, é claro que não posso esperar que eu consiga descrever como era grande o encanto desta pequena princesa, ou como sua beleza ofuscava todas as joias brilhantes e todo o luxo magnífico que a cercava neste palácio real.

O que quer que fosse bonito, delicado ou agradável naturalmente esvanecia-se quando contrastado com o rosto encantador de Ozma. E muitas vezes os sábios diziam que nenhum outro governante em todo o mundo poderia igualar-se ao charme gracioso da princesa.

Tudo em Ozma atraía e inspirava amor e a mais doce afeição, em vez da admiração mundana. Dorothy colocou os braços em volta da amiga, abraçou-a e a beijou extasiada. Totó latiu de alegria, e Botão-Brilhante sorriu e consentiu em sentar-se nas almofadas macias ao lado da princesa.

– Por que você não me avisou que daria uma festa de aniversário? – perguntou a menina do Kansas, quando as primeiras saudações terminaram.

– Não avisei? – perguntou Ozma, com seus lindos olhos dançando de alegria.

– Avisou? – respondeu Dorothy, tentando pensar.

– Quem você acha, querida, que bagunçou essas estradas para que você começasse a vagar na direção de Oz? – perguntou a princesa.

– Oh! Eu nunca imaginei isso de VOCÊ – gritou Dorothy.

– Eu vi sua trajetória até aqui. Vi você em meu quadro mágico – declarou Ozma. – E duas vezes pensei que deveria usar o cinto mágico para salvar você e transportá-la para a Cidade das Esmeraldas. Uma vez foi quando os scoodlers os pegaram, e a outra foi quando vocês chegaram ao Deserto Mortal. Mas o Homem-Farrapo foi capaz de ajudá-los nas duas vezes, então não interferi.

– Você sabe quem é Botão-Brilhante? – perguntou Dorothy.

– Não, eu nunca o vi até você tê-lo encontrado na estrada, o vi pelo meu quadro mágico.

– E você mandou Polly para nós?

– Não, querida. A filha do Arco-íris escorregou do lindo arco de seu pai bem a tempo de conhecê-los.

– Bem – disse Dorothy –, eu prometi ao rei Dox, de Raposópolis, e ao rei Casco-Zurro, de Burrolândia, que eu pediria a você para convidá-los para a sua festa.

– Já fiz isso – respondeu Ozma –, pois pensei que seria gentil retribuir o favor.

– Você convidou o musicista? – perguntou Botão-Brilhante.

– Não, porque ele seria muito barulhento e poderia interferir no conforto dos outros. Quando a música não é muito boa e é oferecida o tempo todo, é melhor que o artista esteja sozinho – disse a princesa.

– Gosto da música do musicista – declarou o menino, em um tom sério.

– Mas eu não – disse Dorothy.

– Bem, haverá muita música durante minha celebração – prometeu Ozma. – Então eu imagino que Botão-Brilhante não irá sentir falta do musicista.

Só então Policromia dançou, e Ozma levantou-se para cumprimentar a filha do Arco-íris com sua maneira mais doce e cordial. Dorothy pensou que nunca tinha visto duas criaturas tão bonitas juntas, mas Polly soube imediatamente que sua graciosidade e beleza não poderiam igualar-se à de Ozma, mas ela não ficou com nenhuma inveja por isso.

O Mágico de Oz foi anunciado, e um pequeno homem velho, vestido todo de preto, entrou na sala. Tinha o rosto alegre, e seus olhos brilhavam expressando seu bom humor, e Polly e Botão-Brilhante não ficaram com medo do personagem maravilhoso cuja fama de mágico trapaceiro havia se espalhado por todo o mundo.

Depois de saudar Dorothy com muito afeto, ele ficou modestamente atrás do trono de Ozma e ouviu a tagarelice animada dos jovens. Então o Homem-Farrapo apareceu, e tão surpreendente era sua aparência, com novas vestes esfarrapadas, que Dorothy gritou "Oh!" e agarrou-lhe as mãos impulsivamente enquanto examinava o amigo com olhos satisfeitos.

– Ele ainda está esfarrapado, certo? – comentou Botão-Brilhante. E Ozma assentiu alegremente porque queria que o homem permanecesse em farrapos quando forneceu-lhe roupas novas.

Dorothy o conduziu em direção ao trono, já que ele estava tímido em tão boa companhia, e o apresentou graciosamente à princesa, dizendo:

– Este, Vossa Alteza, é meu amigo, o Homem-Farrapo, que possui o Ímã do Amor.

– Seja muito bem-vindo a Oz – disse a jovem governante, em tom cortês.

– Mas, diga-me, senhor, onde você conseguiu o Ímã do Amor que diz ser seu?

O homem ficou vermelho e abatido, e respondeu em voz baixa:

– Eu roubei, Vossa Majestade.

– Oh, Farrapo! – gritou Dorothy. – Que horrível! Você tinha dito a mim que o esquimó havia dado a você.

Ele se mexeu primeiro com um pé e depois com o outro, muito envergonhado.

– Eu disse uma mentira, Dorothy – disse ele –, mas agora, tendo tomado banho na Lagoa da Verdade, sinto que não devo dizer nada além da verdade.

– Por que você roubou? – perguntou Ozma, gentilmente.

– Porque ninguém me amava ou cuidava de mim – disse o Homem- -Farrapo –, e eu queria muito ser amado. Ele pertencia a uma garota de Butterfield, que era muito amada, e os jovens costumavam brigar por ela, o que a deixava infeliz. Depois de roubar-lhe o ímã, apenas um jovem continuou a amar a garota, e ela se casou com ele e recuperou a felicidade.

– Você sente muito por ter roubado? – perguntou a princesa.

– Não, Alteza. Eu fico feliz – respondeu ele. – Porque me agradou ser amado, e se Dorothy não tivesse cuidado de mim, eu não teria chegado a esta bela Terra de Oz, nem conheceria sua bondosa governante. Agora que estou aqui, espero permanecer e me tornar um de seus súditos mais fiéis, Majestade.

– Mas em Oz somos amados apenas por sermos quem somos, e também por nossa gentileza uns com os outros e por nossas boas ações – disse ela.

– Vou desistir do Ímã do Amor – disse o homem, ansioso. – Dorothy deve possuí-lo.

– Mas todo mundo já ama Dorothy – declarou o Mágico.

– Então Botão-Brilhante o terá.

– Não quero – disse o menino marinheiro prontamente.

– Então eu vou dar para o Mágico, pois tenho certeza de que a adorável princesa Ozma não precisa disso.

– Todo o meu povo ama o Mágico também – anunciou a princesa, rindo. – Então vamos pendurar o Ímã do Amor sobre os portões da Cidade das Esmeraldas, para que quem entrar ou sair dos portões seja amado e amoroso.

– É uma boa ideia – disse o homem. – Eu concordo com isso de bom grado.

Todos então entraram para jantar, o que, como se pode imaginar, foi um grande evento. Depois Ozma pediu ao Mágico que lhes desse uma exibição de sua magia.

O Mágico tirou oito pequenos leitões brancos de um bolso interno e os colocou sobre a mesa. Um estava vestido como um palhaço e fazia algumas palhaçadas, e os outros saltavam sobre colheres e pratos e corriam ao redor da mesa como cavalos de corrida, e faziam piruetas de forma tão alegre e divertida que eles ficaram entretendo os viajantes, que deram muitas gargalhadas. O Mágico treinou esses animais de estimação para fazer coisas curiosas, e eles eram tão pequenos, tão astutos e macios que

A ESTRADA PARA OZ

Policromia tentava pegá-los quando eles passavam perto dela e os acariciava como se fossem gatinhos.

Já era tarde quando o entretenimento acabou e eles se separaram para voltar aos aposentos.

– Amanhã – disse Ozma – meus convidados irão chegar, e vocês irão encontrar entre eles algumas pessoas interessantes e curiosas. No dia seguinte será meu aniversário, e as festividades ocorrerão no amplo gramado na área externa dos portões da cidade, onde todos os meus convidados poderão reunir-se sem aglomerar-se.

– Espero que o Espantalho não se atrase – disse Dorothy, ansiosa.

– Oh, com certeza ele estará de volta amanhã – respondeu Ozma. – Ele queria palha nova para se preencher, então ele foi para o País dos Munchkins, onde a palha é abundante.

Com isso, a princesa desejou boa noite aos convidados e foi para seu quarto.

DOROTHY RECEBE OS CONVIDADOS

Na manhã seguinte, o café da manhã de Dorothy foi servido em seu quarto, e ela mandou convidar Polly e o Homem-Farrapo para se juntarem a ela e a Botão-Brilhante na refeição. Eles vieram de bom grado, e Totó também foi tomar café da manhã com eles, e o pequeno grupo que começou a jornada para Oz foi mais uma vez reunido.

Assim que terminaram de comer, ouviram um estrondo distante, de muitas trombetas, e o som de uma banda tocando música marcial, e então todos foram para a varanda. Isso estava acontecendo na frente do palácio e preencheu toda a vista para as ruas da cidade, ficando acima do nível do muro que fechava os jardins do palácio. Eles observaram a banda aproximar-se, tocando o mais forte e alto que podiam, enquanto o povo da Cidade das Esmeraldas lotava as calçadas e aplaudia tão vigorosamente que quase abafava o barulho dos tambores e das cornetas.

Dorothy inclinou-se para ver o que estavam aplaudindo, e descobriu que atrás da banda estava o famoso Espantalho, cavalgando orgulhosamente um cavalete de madeira que saltitava ao longo da rua, quase tão graciosamente quanto um cavalo de verdade. Seus cascos, ou melhor, as pontas de suas

A ESTRADA PARA OZ

pernas de madeira, foram calçadas com placas de ouro maciço, e a sela amarrada ao corpo de madeira era ricamente bordada e brilhava com joias.

Ao chegar ao palácio, o Espantalho olhou para cima e viu Dorothy, e imediatamente acenou com o chapéu pontudo para ela em saudação. Ele cavalgou até o portão da frente e desmontou do animal de madeira. Com isso a banda parou de tocar e a multidão voltou para casa.

No momento em que Dorothy e seus amigos voltaram a entrar em seu quarto, o Espantalho já estava lá, e deu um abraço caloroso na garota e sacudiu as mãos dos outros com suas próprias mãos macias, que eram brancas luvas cheias de palha.

O Homem-Farrapo, Botão-Brilhante e Policromia olharam fixamente para esta pessoa célebre, reconhecida como a mais popular e o homem mais amado de toda a Terra de Oz.

– Ora, seu rosto foi pintado de novo! – exclamou Dorothy, quando as primeiras saudações acabaram.

– Fui retocado pelo fazendeiro munchkin que me fez – respondeu o Espantalho, agradavelmente. – Minha pele estava um pouco cinza e desbotada, e a tinta tinha descascado nas extremidades da minha boca, então eu não conseguia falar direito. Agora me sinto eu mesmo de novo, e posso dizer sem modéstia que meu corpo está cheio da mais adorável palha de aveia em toda Oz – disse ele estufando o peito.

– Você gostou? – ele perguntou.

– Sim – disse Dorothy. – Você ficou muito bem.

Botão-Brilhante ficou maravilhosamente atraído pelo Espantalho, e Polly também. Já o Homem-Farrapo o tratou com muito respeito, porque ele era estranhamente feito.

Jellia Jamb passou para dizer que Ozma queria que a princesa Dorothy recebesse os convidados na Sala do Trono, assim que chegassem. A governante estava ocupada ordenando os preparativos para o dia seguinte, então desejou que sua amiga recepcionasse em seu lugar. Dorothy concordou de bom grado, sendo a única outra princesa na Cidade das Esmeraldas. Então ela foi para a grande Sala do Trono e sentou-se no assento de Ozma, colocando Polly de um lado e Botão-Brilhante do outro. O Espantalho estava à esquerda do trono e o Homem de Lata à direita, enquanto o Mágico e o Homem-Farrapo ficaram atrás.

O Leão Covarde e o Tigre Faminto chegaram, com novos laços de fita no pescoço e na cauda. Depois de cumprimentar Dorothy afetuosamente, os enormes animais deitaram-se aos pés do trono.

Enquanto esperavam, o Espantalho, que estava perto do menino, perguntou:

– Por que você é chamado de Botão-Brilhante?

– Não sei – foi a resposta.

– Ah, sim, querido – disse Dorothy. – Diga ao Espantalho por que você tem esse nome.

– Papai sempre disse que eu era brilhante como um botão, então mamãe sempre me chamou de Botão-Brilhante – anunciou o menino.

– Onde está sua mãe? – perguntou o Espantalho.

– Não sei – disse Botão-Brilhante.

– Onde fica sua casa? – perguntou o Espantalho.

– Não sei – disse Botão-Brilhante.

– Você não quer encontrar sua mãe de novo? – perguntou o Espantalho.

– Não sei – disse Botão-Brilhante, calmamente.

O Espantalho parecia pensativo.

– Seu papai pode estar certo – observou ele –, mas existem muitos tipos de botões. Há botões prateados e dourados, que são altamente polidos e brilham intensamente. Há aqueles de pérolas ou borracha, e outros tipos, com superfícies mais ou menos brilhantes. Mas há ainda outro tipo de botão que é coberto com um pano opaco, e é em comparação a esse tipo que seu papai disse que você era brilhante como um botão. Você não acha?

– Não sei – disse Botão-Brilhante.

Jack Cabeça de Abóbora chegou, e usava um par de luvas de pelica novas e brancas, e trazia um presente de aniversário para Ozma, que consistia em um colar de sementes de abóbora. Em cada semente foi colocada uma carrollita cintilante, que é considerada a joia mais rara e bela que existe. O colar estava em uma caixa de pelúcia, e Jellia Jamb a colocou em uma mesa com os outros presentes para a princesa Ozma.

Em seguida veio uma mulher alta e bonita, trajada com um vestido esplêndido, enfeitado com rendas requintadas, finas como teias de aranha. Esta era a importante Feiticeira conhecida como Glinda, a Boa, que havia sido de grande ajuda para Ozma e Dorothy. Sua magia era autêntica, e Glinda era tão gentil quanto poderosa. Ela cumprimentou Dorothy com muito amor, beijou Botão-Brilhante e Polly, sorriu para o Homem--Farrapo, e em seguida foi conduzida por Jellia Jamb até um dos aposentos mais magníficos do palácio real, com quinze servos a sua disposição.

O próximo a chegar foi M. A. Besourão, I. I. O "M. A." significava Muitíssimo Aumentado e o "I. I." significava Inteiramente Instruído. Besourão era reitor da Faculdade Real de Atletismo Científico de Oz, e tinha composto uma bela Ode em homenagem ao aniversário de Ozma que ele queria ler para eles, mas o Espantalho não permitiu.

Logo eles ouviram um som de cacarejo e um coro de "*Piu! Piu! Piu!*" e um servo abriu a porta para permitir que Billina e seus dez pintinhos fofinhos entrassem na Sala do Trono. Enquanto a Galinha Amarela marchava orgulhosamente como chefe de sua família, Dorothy gritou: "Oh, que coisas lindas!" e levantou correndo de seu assento para acariciar as bolinhas amarelas felpudas. Billina usava um colar de pérolas, e ao redor do pescoço de cada pintinho havia uma minúscula corrente de ouro presa por um medalhão com a letra "D" gravada no lado externo.

– Abra os medalhões, Dorothy – disse Billina.

A menina obedeceu e encontrou uma foto dela mesma em cada medalhão.

– Eles foram nomeados por sua causa, minha querida – continuou a Galinha Amarela – então eu queria que todos os meus pintinhos usassem sua foto. *Cluck-cluck*! Venha cá, Dorothy, neste minuto! – gritou, pois os pintinhos estavam espalhados e vagando por todo o salão.

Eles obedeceram ao chamado imediatamente e vieram correndo o mais rápido que puderam, batendo as asas fofas de uma forma risível. Foi sorte Billina ter conseguido reunir todos em seu peito, pois em seguida Tic-Tac entrou pisando desajeitadamente até o trono com seus pés chatos de cobre.

– De-ram-me cor-da e es-tou fun-ci-o-nan-do bem – disse o homem mecânico para Dorothy.

– Posso ouvi-lo tiquetaquear – declarou Botão-Brilhante.

L. Frank Baum

– Você é um cavalheiro muito polido – disse o Homem de Lata. – Fique em pé aqui em cima, ao lado do Homem-Farrapo, Tic-Tac, e ajude-nos a receber o pessoal.

Dorothy colocou almofadas macias em um canto para Billina e seus pintinhos, e tinha acabado de voltar ao trono e sentar-se quando o som da banda real fora do palácio anunciou a aproximação de ilustres convidados.

E, meu Deus, como eles ficaram pasmos quando o mordomo-mor abriu as portas e os visitantes entraram na Sala do Trono!

Primeiro entrou um boneco de gengibre perfeitamente formado e assado até ficar com um matiz marrom. Ele usava um chapéu de seda e carregava uma bengala doce, lindamente listrada de vermelho e amarelo. A frente da camisa e os punhos eram feitos de glacê, e os botões de seu casaco eram gotas de alcaçuz.

Atrás do boneco de gengibre veio uma criança de cabelos louros e alegres olhos azuis, vestida com um pijama branco, com sandálias nas solas dos pés. A criança olhou em volta sorrindo e empurrou as mãos para dentro dos bolsos do pijama. A seguir veio um grande urso de borracha, andando ereto sobre as patas traseiras. O urso tinha olhos negros cintilantes, e seu corpo parecia estar cheio de ar.

Seguindo esses visitantes curiosos estavam dois homens altos e magros e dois homens baixos e gordos, os quatro vestidos com uniformes lindos.

O mordomo-mor de Ozma agora se apressava para anunciar os nomes dos recém-chegados, chamando em voz alta:

– Sua Graciosa e Mais Comestível Majestade, rei Gengibre I, soberano dos dois reinos de Hiland e Loland. Também o chefe Booleywag de Sua Majestade, conhecido como Pintainho, o Querubim, e seu fiel amigo, Seringueiro, o urso de borracha.

Essas grandes personalidades curvaram-se enquanto seus nomes eram chamados, e Dorothy se apressou em apresentá-los ao grupo reunido. Eles foram os primeiros estrangeiros a chegar, e os amigos da princesa Ozma foram educados com eles e tentaram fazer com que se sentissem bem-vindos.

Pintainho, o Querubim, apertou a mão de todos, incluindo Billina, e foi tão alegre, franco e cheio de bom humor que o chefe Booleywag de

A ESTRADA PARA OZ

Sua Majestade, o rei João Gengibre, tornou-se imediatamente um dos favoritos.

– É um menino ou uma menina? – sussurrou Dorothy.

– Não sei – disse Botão-Brilhante.

– Meu Deus! Que pessoas esquisitas vocês são! – exclamou o urso de borracha, olhando para os viajantes.

– Você também! – disse Botão-Brilhante, sério. – O rei Gengibre é bom para comer?

– Ele é bom demais para comer – riu Pintainho, o Querubim.

– Espero que nenhum de vocês goste de biscoito de gengibre – disse o rei, bastante ansioso.

– Nunca pensaríamos em comer nossos visitantes! – declarou o Espantalho. – Então, por favor, não se preocupem, pois vocês estarão perfeitamente seguros enquanto permanecerem em Oz.

– Por que eles chamam você de Pintainho? – a galinha amarela perguntou à criança.

– Porque fui um bebê incubado e nunca tive pais – respondeu o chefe de Booleywag.

– Meus filhotes têm mãe, que sou eu – disse Billina.

– Fico feliz com isso – respondeu o Querubim –, porque eles se divertirão muito mais dando preocupação a você do que se eles fossem criados em uma incubadora. A incubadora nunca se preocupa, sabe?

O rei João Gengibre trouxe de presente de aniversário para Ozma uma linda coroa de biscoitos de gengibre, com fileiras de pequenas pérolas, e, ao redor dela, uma pérola maior em cada uma de suas cinco pontas. Depois que o presente foi recebido por Dorothy com os devidos agradecimentos e colocado na mesa com os outros, os visitantes de Hiland e Loland foram escoltados até os quartos pelo mordomo-mor.

Mal haviam partido, quando a banda em frente ao palácio começou a tocar novamente, anunciando mais chegadas, e como estas eram sem dúvida de terras estrangeiras, o mordomo-mor correu de volta para recebê-los com sua maneira mais oficial.

CHEGADAS IMPORTANTES

Entrou na frente um bando de ryls, do Vale Feliz, todos duendes, alegres como elfos. Uma dúzia de knooks tortos vieram em seguida, da grande floresta de Burzee. Eles tinham bigodes longos, chapéus pontudos e dedos curvos, mas não mais altos do que os ombros de Botão-Brilhante. Com este grupo veio um homem tão fácil de reconhecer, tão importante e tão ternamente amado em todo o mundo, que todos os presentes levantaram-se e curvaram a cabeça em homenagem respeitosa, mesmo antes de o mordomo-mor curvar-se para anunciar seu nome.

– O mais poderoso e leal amigo das crianças, Sua Alteza Suprema: Papai Noel! – disse o mordomo-mor, com admiração.

– Ora, ora, ora! Que prazer em vê-los e em conhecê-los! – gritou Papai Noel, rapidamente, enquanto caminhava pela sala ampla.

Ele era redondo como uma maçã, com um rosto limpo e rosado, olhos sorridentes e uma barba espessa, branca como a neve. Havia uma capa vermelha enfeitada com uma bela pele de arminho pendurada em seus ombros, e em suas costas estava uma cesta cheia de lindos presentes para a princesa Ozma.

– Olá, Dorothy, você tem tido muitas aventuras? – ele perguntou em seu jeito alegre, quando pegou na mão da garota.

– Como você sabe meu nome, Papai Noel? – ela perguntou, sentindo-se mais tímida na presença deste santo imortal como nunca ficara em toda sua vida.

– Por que eu vejo você toda véspera de Natal, quando está dormindo – ele respondeu, beliscando sua bochecha corada.

– Oh, você vê?

– E aqui está o Botão-Brilhante! – gritou o Papai Noel, segurando o menino para beijá-lo. – Você está muito longe de casa. Meu Deus!

– Você conhece o Botão-Brilhante também? – perguntou Dorothy, ansiosamente.

– Certamente que sim. Visitei sua casa várias vésperas de Natal.

– E você conhece o pai dele? – perguntou a garota.

– Certamente, minha querida. Quem mais você acha que traz para o Natal gravatas e meias para ele? – com uma piscadela para o Mágico.

– Então onde ele mora? Estamos loucos para saber, porque Botão--Brilhante está perdido – disse ela.

Papai Noel riu e colocou o dedo ao lado do nariz como se estivesse pensando no que responder. Ele inclinou-se e sussurrou algo no ouvido do Mágico, que sorriu e acenou com a cabeça como se entendesse.

Agora o Papai Noel avistou Policromia e foi até onde ela estava.

– Parece-me que a filha do Arco-íris está mais longe de casa do que qualquer um de vocês – ele observou, olhando para a linda donzela com admiração. – Eu terei de dizer a seu pai onde você está, Polly, e pedir que venha buscá-la.

– Por favor, querido Papai Noel! – implorou a donzela, suplicante.

– Mas agora todos devemos nos divertir muito na festa de Ozma – disse o velho senhor, virando-se para colocar seus presentes na mesa junto com os outros que já estavam lá. – Não é sempre que encontro tempo para deixar meu castelo, como vocês sabem, mas Ozma me convidou e eu simplesmente não pude deixar de vir para comemorar a feliz ocasião.

– Estou tão feliz! – exclamou Dorothy.

– Estes são meus ryls – apontando para os pequenos elfos agachados ao redor dele. – O negócio deles é pintar as cores das flores quando elas brotam e florescem, mas eu trouxe meus companheiros alegres para conhecerem Oz, e eles deixaram seus potes de tinta para trás. Também trouxe estes knooks tortos, a quem eu amo. Meus queridos, os knooks são muito mais legais do que parecem, pois seu dever é regar e cuidar das árvores jovens da floresta, e eles fazem seu trabalho muito bem. Porém, é um trabalho difícil e deixa meus knooks tortos e nodosos, assim como as próprias árvores, mas o coração deles é grande e amável, como o coração de todos os que fazem o bem em nosso belo mundo.

– Eu li sobre os ryls e knooks – disse Dorothy, olhando para aqueles pequenos trabalhadores com interesse.

Papai Noel virou-se para falar com o Espantalho e o Homem de Lata, e ele também disse uma palavra gentil ao Homem-Farrapo, e depois foi embora para cavalgar o Cavalete pela Cidade das Esmeraldas. "Pois", disse ele, "devo ver todas as grandes atrações enquanto estou aqui e tenho a chance, pois Ozma prometeu que me deixaria cavalgar o Cavalete porque estou engordando e com pouco fôlego".

– Onde estão suas renas? – perguntou Policromia.

– Eu as deixei em casa, pois está muito quente para elas neste país ensolarado – ele respondeu. – Elas estão acostumadas com o inverno quando viajam.

Em um piscar de olhos ele se foi, e os ryls e knooks foram com ele, mas todos podiam ouvir os cascos dourados do Cavalete soando na calçada de mármore do lado de fora, enquanto ele se afastava com seu nobre cavaleiro.

Logo a banda tocou novamente, e o mordomo-mor anunciou:

– Sua Graciosa Majestade, a rainha de Merryland.

Eles olharam seriamente para descobrir quem poderia ser esta rainha, e viram avançando pela sala uma boneca de cera, requintada, trajada com um vestido com delicados babados e lantejoulas. Ela era quase da altura de Botão-Brilhante, e suas bochechas, boca e sobrancelhas eram lindamente pintadas em cores delicadas. Seus olhos azuis eram de vidro, mas a expressão no rosto de Sua Majestade era bastante agradável e decididamente charmosa. Com a rainha de Merryland vieram quatro soldados de madeira, dois à frente dela, com muita dignidade, e dois atrás, como guarda-costas reais. Os soldados foram pintados em cores vivas e carregavam armas de madeira, e depois deles veio um homenzinho gordo, que atraiu a atenção de uma vez, embora parecesse modesto e retraído. Ele era feito de doces e carregava uma caneca polvilhadeira cheia de açúcar de confeiteiro, com a qual ele se polvilhava com frequência para que não ficasse grudado nas coisas caso as tocasse. O mordomo-mor o havia chamado de "O Homem Açucarado de Merryland" e Dorothy viu que um de seus polegares parecia ter sido arrancado por alguém que gostava de doces e não resistira à tentação.

A rainha de cera falou lindamente com Dorothy e os outros, e enviou suas saudações amorosas a Ozma antes de se retirar para os aposentos preparados para ela. Ela trouxe um presente de aniversário embrulhado em papel de seda e amarrado com fitas rosas e azuis, e um dos soldados de madeira colocou-o na mesa com os outros presentes. Mas o Homem Açucarado não foi para o quarto dele, pois disse que preferia ficar e conversar com o Espantalho, Tic-Tac, o Mágico e o Homem de Lata, a quem ele declarou serem as pessoas mais estranhas que já conhecera. Botão-Brilhante ficou feliz com a decisão do Homem Açucarado de ficar na Sala do Trono, porque o menino reparou que ele cheirava deliciosamente a gualtéria e açúcar de bordo.

O Homem de Tranças agora entrava na Sala do Trono, tendo a sorte de receber um convite para a festa da princesa Ozma. Ele vivia em uma caverna no caminho entre o Vale Invisível e o País das Gárgulas, e seus cabelos e bigodes eram tão longos que ele foi obrigado a trançá-los em muitas pequenas tranças que iam até os pés, e cada trança fora amarrada com um laço de fita colorida.

– Eu trouxe uma caixa de farfalhadas para a princesa Ozma no aniversário dela – disse o Homem de Tranças, seriamente. – E espero que ela goste, pois elas são da melhor qualidade que já fiz.

– Tenho certeza de que ela ficará muito satisfeita – disse Dorothy, que lembrava muito bem do Homem de Tranças. E o Mágico apresentou o convidado ao resto do grupo e o fez sentar-se em uma cadeira e ficar quieto, pois, se permitido, ele falaria continuamente sobre suas farfalhadas.

A banda então deu as boas-vindas a outro grupo de convidados, e na Sala do Trono entrou a bela e majestosa rainha de Ev e, ao lado dela, estava o jovem rei Evardo, com toda a família real vindo atrás, com cinco princesas e quatro príncipes de Ev.

A Terra de Ev ficava situada do outro lado do Deserto Mortal, em direção ao Norte de Oz, e uma vez Ozma e seu povo resgataram a rainha de

Ev e seus dez filhos do rei dos nomos, que os havia escravizado. Dorothy esteve presente nessa aventura, então ela cumprimentou a família real cordialmente. E todos os visitantes ficaram maravilhados em reencontrar a garotinha do Kansas. Eles conheciam Tic-Tac e Billina, bem como o Espantalho, o Homem de Lata, o Leão e o Tigre. Então, houve um reencontro alegre, como se pode imaginar, e se passou uma hora, até que a rainha e seus filhos se retirassem para os quartos. Talvez eles tivessem ido mais cedo para os quartos, se a banda não tivesse começado a tocar para anunciar novas chegadas, mas antes que eles saíssem da Sala do Trono, o grande rei Evardo acrescentou aos presentes de aniversário de Ozma um diadema de diamantes cravados em rádio.

O próximo a chegar foi o rei Renard, de Raposópolis, ou rei Dox, como preferia ser chamado. Ele estava magnificamente vestido com um traje novo de penas e usava luvas brancas de criança nas patas e uma flor na botoeira, e seu cabelo estava repartido ao meio.

O rei Dox agradeceu fervorosamente a Dorothy ter conseguido o convite para que viesse até Oz, que ele sempre desejou visitar. Ele desfilou de um jeito absurdamente pomposo quando foi apresentado a todas as pessoas famosas reunidas na Sala do Trono, e quando soube que Dorothy era uma princesa de Oz, o rei raposa insistiu em ajoelhar-se a seus pés e depois retirou-se para trás, uma coisa perigosa de se fazer, pois ele poderia ter tropeçado na própria pata e caído.

Assim que ele se foi, o som de clarins, tambores e pratos anunciaram visitantes importantes, e o mordomo-mor assumiu seu tom mais digno ao abrir a porta para dizer com orgulho:

– Sua Sublime e Resplandecente Majestade, rainha Zixi de IX! Sua Serena e Tremenda Majestade, o rei Bud de Noland. Sua Alteza Real, a princesa Fluff.

Essas três personalidades reais tão elevadas e poderosas chegando de uma vez foi o suficiente para fazer Dorothy e seus companheiros ficarem solenes e assumirem seus melhores modos, mas quando a beleza requintada da rainha Zixi encontrou seus olhos, eles pensaram que nunca tinham visto nada tão encantador. Dorothy deduziu que Zixi devia ter cerca de dezesseis anos, mas o Mágico sussurrou para ela que esta maravilhosa rainha tinha vivido milhares de anos, mas sabia o segredo de permanecer sempre jovem e bela.

A estrada para Oz

Rei Bud de Noland e sua delicada irmã de cabelos claros, a princesa Fluff, eram amigos de Zixi, pois seus reinos eram vizinhos, então eles viajaram juntos de seus domínios distantes para homenagear Ozma de Oz em seu aniversário. Eles trouxeram esplêndidos presentes, então a mesa agora estava bastante cheia. Dorothy e Polly amaram a princesa Fluff no momento em que a viram, e o pequeno rei Bud era tão franco e infantil que Botão-Brilhante aceitou-o imediatamente como amigo e não queria que ele fosse embora. Mas já passava de meio-dia e os convidados reais deviam se aprontar para o grande banquete em que eles deveriam se reunir naquela noite para encontrar a princesa governante deste país das fadas. Então a rainha Zixi foi conduzida para o quarto dela por uma tropa de criadas lideradas por Jellia Jamb, e Bud e Fluff logo se retiraram, cada um para o próprio aposento.

– Nossa! Que grande festa Ozma vai dar! – exclamou Dorothy.

– Eu acho que o palácio ficará abarrotado, Botão-Brilhante, você não pensa assim?

– Não sei – disse o menino.

– Mas devemos ir para nosso quarto, em breve, para nos vestirmos para o banquete –continuou a garota.

– Não preciso me vestir – disse o Homem Açucarado de Merryland.
– Tudo que eu preciso fazer é me polvilhar com açúcar fresco.

– Tic-Tac sempre usa as mesmas roupas – disse o Homem de Lata – e o mesmo faz nosso amigo Espantalho.

– Minhas penas são boas o suficiente para qualquer ocasião – gritou Billina, de seu canto.

– Então, vou deixar a vocês quatro a missão de dar as boas-vindas a quaisquer novos convidados que vierem – disse Dorothy –, pois eu e Botão-Brilhante devemos ficar com nossa melhor aparência para o banquete de Ozma.

– Quem ainda está por vir? – perguntou o Espantalho.

– Bem, há o rei Casco-Zurro, de Burrolândia, Johnny Faz-Tudo, e a Boa Bruxa do Norte. Mas Johnny Faz-Tudo pode não chegar aqui a tempo, pois ele é muito ocupado.

– Vamos recebê-los e dar-lhes as boas-vindas – prometeu o Espantalho.
– Então corra, pequena Dorothy, e se vista.

O GRANDE BANQUETE

Eu gostaria de poder mensurar o quão boa foi a companhia daqueles que estiveram presentes ao banquete real de Ozma. Uma longa mesa fora montada no centro do grande salão de jantar do palácio e o esplendor das decorações e o brilho das luzes e das joias foi reconhecido como a visão mais magnífica que qualquer um dos convidados já tinha visto. A pessoa mais alegre presente, bem como a mais importante, é claro que era o velho Papai Noel. Por isso ele recebeu um assento de honra em uma extremidade da mesa, enquanto na outra extremidade sentaria a anfitriã, a princesa Ozma.

João Gengibre, rainha Zixi, rei Bud, a rainha de Ev e seu filho Evardo, e a rainha de Merryland tinham tronos dourados para sentar-se, enquanto aos outros foram fornecidas belas cadeiras. Ao final da sala de banquete, havia uma mesa separada para os animais. Totó sentou-se em uma das extremidades dessa mesa, com um babador amarrado em seu pescoço e uma bandeja de prata para comer. Na outra extremidade, havia uma estrutura com uma grade baixa ao redor, para Billina e seus pintinhos. A grade evitaria que as dez pequenas Dorothys caíssem fora do suporte, enquanto a Galinha Amarela poderia facilmente alcançar e pegar a comida da bandeja sobre a mesa. Em outros lugares estavam sentados o Tigre

A ESTRADA PARA OZ

Faminto, o Leão Covarde, o Cavalete, o Urso de Borracha, o rei Raposa e o rei Burro, formando um grande grupo de animais.

Do outro lado da grande sala, havia outra mesa, na qual estavam sentados os ryls e knooks que vieram com o Papai Noel, os soldados de madeira que tinham vindo com a rainha de Merryland, e os hilanders e lolanders que tinham vindo com João Gengibre. Aqui também estavam sentados os oficiais do palácio real e do exército de Ozma.

Os esplêndidos trajes daqueles que estavam sentados nas três mesas tornavam o evento lindo e cintilante de tal modo que nenhum dos presentes esqueceria. Talvez nunca tenha existido em qualquer parte do mundo, ou em qualquer momento, uma assembleia de pessoas tão maravilhosas como aquela reunida naquela noite para homenagear a governante de Oz em seu aniversário.

Quando todos os convidados para a celebração estavam no lugar, uma orquestra de quinhentos músicos, em uma varanda com vista para a sala de banquetes, começou a tocar uma música doce e prazerosa. Em seguida, uma porta verde abriu-se e entrou a bela e jovem princesa Ozma, que agora cumprimentou seus convidados pessoalmente pela primeira vez.

Quando ela sentou-se próximo a seu trono, na extremidade da mesa do banquete, todos os olhares foram ansiosamente voltados para a adorável princesa, que era tão digna quanto fascinante, e sorriu para todos os seus velhos e novos amigos de uma forma que tocou o coração deles e trouxe um sorriso em resposta em cada rosto.

Cada convidado foi servido com uma taça de cristal cheia de lacasa, que é uma espécie de néctar famoso em Oz, mais agradável de beber do que água com gás ou limonada. Papai Noel então fez um belo discurso parabenizando Ozma por seu aniversário e pediu a todos os presentes que brindassem à saúde e à felicidade de sua querida anfitriã.

Isso foi feito com grande entusiasmo por aqueles que podiam ingerir alimentos, e aqueles que não podiam beber, educadamente tocavam as bordas das taças nos lábios. Todos sentaram-se novamente, cada um em seu lugar, e os criados da princesa começaram a servir a refeição.

Tenho certeza de que apenas em um país das fadas poderia haver uma refeição tão deliciosamente preparada. Os pratos eram de metais

L. Frank Baum

preciosos, cravejados de joias brilhantes, e as coisas boas servidas nesses pratos foram incontáveis, e tinham sabor requintado. Vários presentes, como o Homem Açucarado, o Urso de Borracha, Tic-Tac e o Espantalho não eram feitos para comer, e a rainha de Merryland contentou-se com um pequeno prato de serragem, mas eles gostaram da pompa e do brilho da cena, tanto quanto aqueles que jantavam.

Besourão leu sua "Ode à Ozma", que fora escrita em um excelente ritmo e bem recebida pelos convidados. O Mágico ajudou no entretenimento, fazendo uma grande torta aparecer diante de Dorothy, e quando a menina cortou a torta, os nove pequenos porquinhos pularam dela e começaram a dançar ao redor da mesa, enquanto a orquestra tocava uma música alegre. Isso tudo divertiu muito a todos, mas eles ficaram ainda mais satisfeitos quando Policromia, cuja fome tinha sido facilmente satisfeita, subiu na mesa e apresentou sua graciosa e desconcertante Dança do Arco-íris a eles. Quando acabou, as pessoas bateram palmas e os animais batiam patas, enquanto Billina cacarejava e o rei Burro zurrava.

Johnny Faz-Tudo estava presente e, claro, provou que podia fazer maravilhas na hora de comer, bem como em tudo o mais que ele se empenhava em fazer. O Homem de Lata cantou uma canção de amor, e cada convidado juntou-se a ele em um coro; e os soldados de madeira de Merryland fizeram uma exibição com seus mosquetes de madeira; os ryls e knooks dançaram o Círculo de Fadas; e o Urso de Borracha se balançou em toda a sala.

Houve risos e alegria de todos os lados, e todos estavam tendo um ótimo momento. Botão-Brilhante estava tão animado e interessado que prestou pouca atenção ao seu excelente jantar, mas muita atenção em seus companheiros esquisitos, e talvez ele fosse sábio ao fazer isso, porque poderia comer em qualquer outro horário.

A festa e a folia continuaram até tarde da noite, quando eles se dispersaram, pois deveriam encontrar-se novamente na manhã seguinte para a celebração do aniversário propriamente dita, considerando que o banquete real fora apenas a introdução.

A CELEBRAÇÃO DO ANIVERSÁRIO

Um dia claro e perfeito, com uma brisa suave e um céu ensolarado, saudou a princesa Ozma quando ela acordou na manhã seguinte: o aniversário de seu nascimento. Enquanto ainda era cedo, toda a cidade estava agitada e uma multidão de pessoas veio de todas as partes da Terra de Oz para testemunhar as festividades em homenagem ao aniversário de sua governante.

Os notáveis visitantes de países estrangeiros, todos eles transportados para a Cidade das Esmeraldas por meio do cinto mágico, foram tanto uma atração para os Ozitas quanto os nativos eram para eles, e as ruas que iam do palácio real aos portões de joias estavam lotadas de homens, mulheres e crianças para ver o cortejo nos campos verdes, onde a celebração aconteceria.

E que grande desfile!

Primeiro vieram mil meninas, as mais bonitas do país, vestidas em musselina branca, com faixas verdes e fitas no cabelo, carregando cestas verdes com rosas vermelhas. Enquanto caminhavam, elas espalhavam essas flores sobre os pavimentos de mármore, de modo que o caminho do desfile era atapetado com rosas para que os próximos pudessem desfilar.

Em seguida, vieram os governantes dos quatro reinos de Oz: o imperador do winkies, o monarca dos munchkins, o rei dos quadlings e o

L. Frank Baum

soberano dos gillikins, cada um usando uma longa corrente de esmeraldas ao redor do pescoço para mostrar que era um vassalo da governante da Cidade das Esmeraldas.

Em seguida, veio marchando a banda da Cidade das Esmeraldas, uniformizada de verde e dourado, tocando "A valsa de Ozma", e o Exército Real de Oz veio atrás, consistindo de vinte e sete oficiais, do Capitão--General até os tenentes. Não havia soldados no exército de Ozma, porque soldados não eram necessários para travar batalhas, mas apenas para parecerem importantes, e um oficial sempre parece mais imponente do que um soldado.

Enquanto o povo aplaudia e agitava chapéus e lenços, a princesa de Oz veio passeando, tão linda e meiga que não era de se admirar que seu povo a amasse tanto. Ela decidiu que não iria andar em sua carruagem naquele dia, pois preferia entrar no cortejo com seus súditos favoritos e seus convidados.

Bem à sua frente, estava o Tapete do Urso Azul da velha Dyna, que balançou desajeitadamente pelo caminho em suas quatro patas, porque não havia nada além de pele para sustentá-lo, com uma cabeça recheada em uma extremidade e uma cauda atarracada na outra. Mas sempre que Ozma interrompia sua caminhada, o tapete de urso deslizava para o chão para que a princesa pudesse permanecer até que retomasse sua caminhada.

Seguindo a princesa, vinham suas duas feras enormes, o Leão Covarde e o Tigre Faminto, e mesmo que o Exército não estivesse lá, esses dois teriam sido poderosos o suficiente para proteger sua governante de qualquer perigo.

Depois, marcharam os convidados, que foram aclamados pelo povo de Oz ao longo da estrada e, portanto, sentiram-se obrigados a curvar-se para a direita e para a esquerda quase todo o percurso. Primeiro foi o Papai Noel que, por ser gordo e não estar acostumado a andar, montava o maravilhoso Cavalete. O feliz e velho cavalheiro, que tinha uma cesta de pequenos brinquedos com ele, jogava-os um por um para as crianças enquanto passava, e seus ryls e knooks marchavam atrás dele.

A rainha Zixi de Ix veio depois, e então João Gengibre e o Querubim, com o Urso de Borracha chamado Seringueiro pavoneando-se entre eles

A estrada para Oz

nas patas traseiras; depois veio a rainha de Merryland, escoltada por seus soldados de madeira; e então rei Bud de Noland e sua irmã, a princesa Fluff; em seguida a rainha de Ev e seus dez filhos reais; e então o Homem de Tranças e o Homem Açucarado, lado a lado; o rei Dox, de Raposópolis, e o rei Casco-Zurro, de Burrolândia, que a essa hora já haviam se tornado grandes amigos; e finalmente Johnny Faz-Tudo, em seu avental de couro, fumando seu longo cachimbo.

Esses personagens maravilhosos não foram mais calorosamente saudados pelas pessoas do que aqueles que os seguiram no cortejo. Dorothy era uma das favoritas e ela veio de braço dado com o Espantalho, que era amado por todos. Então Policromia e Botão-Brilhante vieram atrás, e as pessoas amaram a linda filha do Arco-íris e o lindo menino de olhos azuis assim que os viram. O Homem-Farrapo em seu novo terno esfarrapado atraiu muita atenção, porque ele era uma novidade. Com passos regulares, pisava Tic-Tac, o Homem-Máquina, e houve mais aplausos quando o Mágico de Oz o seguiu no desfile. Besourão e Jack Cabeça de Abóbora foram os próximos, e atrás deles vieram Glinda, a Feiticeira, e a Bruxa Boa do Norte. Finalmente veio Billina, com sua ninhada de pintinhos para quem ela cacarejou ansiosamente para mantê-los juntos e apressá-los para que não atrasassem o cortejo.

Outra banda veio em seguida, desta vez a Banda de Estanho do imperador dos winkies, tocando uma bela marcha chamada "Não há lugar como nossa lata". E em seguida, vieram os servos do Palácio Real, em uma longa fila, e atrás deles todas as pessoas juntaram-se ao desfile e marcharam para longe dos portões de esmeralda, em direção ao amplo gramado.

Lá foi erguido um pavilhão esplêndido, com uma arquibancada grande o suficiente para acomodar todos aqueles que participaram do cortejo. Sobre o pavilhão, que era de seda verde e tecido de ouro, incontáveis estandartes ondulavam com a brisa. Bem em frente, conectada ao pavilhão por uma pista, foi construída uma ampla plataforma para que todos os espectadores pudessem ver claramente o entretenimento proporcionado para eles.

O Mágico então tornou-se Mestre de Cerimônias, pois Ozma havia colocado a coordenação das performances em suas mãos. Depois que as pessoas se reuniram sobre a plataforma e os convidados reais e os visitantes estavam sentados na arquibancada, o Mágico habilmente executou alguns feitos de malabarismo com bolas de vidro e velas acesas. Ele jogou uma dúzia delas no ar e as pegou uma por uma conforme vinham para baixo, sem perder nenhuma. Então ele apresentou o Espantalho, que fez o papel de engolidor de espada, e despertou muito interesse. Depois disso, o Homem de Lata fez uma apresentação sobre como balançar o machado, e ele o fez girar em torno de si tão rapidamente, que os olhos mal conseguiam ver o movimento da lâmina reluzente.

Glinda, a Feiticeira, então subiu à plataforma e, com sua magia, fez uma grande árvore crescer no meio do espaço. Nela, fez flores aparecerem e em seguida fez com que as flores se tornassem deliciosas frutas chamadas tamornas, e tão grande era a quantidade de frutas produzidas que, quando os servos subiram na árvore e as jogaram para a multidão, foi o suficiente para satisfazer a todas as pessoas presentes.

Seringueiro, o urso de borracha, subiu em um galho da grande árvore, mas rolou e caiu na plataforma, de onde ele saltou novamente para o galho. Ele repetiu esse ato saltitante várias vezes para o grande deleite de todas as crianças presentes. Depois que terminou, ele curvou-se e voltou a seu assento. Glinda acenou com sua varinha e a árvore desapareceu, mas seu fruto ainda podia ser comido.

A Bruxa Boa do Norte divertiu o povo ao transformar dez pedras em dez pássaros, os dez pássaros em dez cordeiros, e os dez cordeiros em dez meninas, que fizeram uma linda dança para depois serem transformadas em dez pedras novamente, assim como eram no início.

Em seguida, Johnny Faz-Tudo veio à plataforma com seu baú de ferramentas, e em poucos minutos construiu uma grande máquina voadora. Logo depois, colocou o baú na máquina e a coisa toda voou, com Johnny e o resto. Após a apresentação, despediu-se dos presentes e agradeceu à princesa a hospitalidade.

O Mágico então anunciou o último ato de todos, que foi considerado realmente maravilhoso. Ele tinha inventado uma máquina para soprar enormes bolhas de sabão, do tamanho de balões, e esta máquina estava escondida sob a plataforma, de modo que apenas o bocal que produzia

A ESTRADA PARA OZ

as bolhas ficava exposto. O tanque de espuma de sabão e as bombas de ar para inflar as bolhas estavam fora de vista, e, quando as bolhas começaram a crescer no chão da plataforma, realmente pareceu mágica para as pessoas de Oz, que não sabiam nada sobre bolhas de sabão, comuns para nossos filhos que as sopram com um cachimbo de barro e uma bacia de água e sabão.

O Mágico havia inventado outra coisa. Normalmente, as bolhas de sabão são frágeis e estouram facilmente, durando apenas alguns momentos enquanto flutuam no ar, mas o Mágico adicionou uma espécie de cola à sua espuma de sabão, que tornou suas bolhas duras e, como a cola seca rapidamente quando exposta ao ar, as bolhas do Mágico eram fortes o suficiente para flutuar por horas sem quebrar.

Ele começou a soprar, por meio de sua máquina e bombas de ar, várias e grandes bolhas que flutuaram no céu, de modo que o sol as iluminava dando-lhes tons iridescentes belíssimos. Isso despertou muita admiração e alegria, porque era uma nova diversão para todos os presentes, exceto talvez para Dorothy e Botão-Brilhante, e mesmo eles nunca tinham visto bolhas tão grandes e firmes.

O Mágico então soprou um monte de pequenas bolhas e depois soprou um grande borbulhar ao redor deles para que ficassem no centro delas. Em seguida ele permitiu que toda a massa de lindos globos flutuasse no ar e desaparecesse no céu distante.

– Isso é realmente bom! – declarou Papai Noel, que adorava brinquedos e coisas bonitas. – Eu acho, senhor Mágico, que vou deixar você explodir uma bolha ao meu redor, assim poderei flutuar para longe de casa e ver os países espalhados abaixo de mim enquanto eu viajo. Não há um lugar na terra que eu não tenha visitado, mas geralmente vou à noite, junto com minhas renas. Esta é uma boa chance de observar os países à luz do dia, enquanto vou vagando devagar e à vontade.

– Você acha que será capaz de guiar a bolha? – perguntou o Mágico.

– Ah, sim. Conheço magia o suficiente para fazer isso – respondeu Papai Noel.

– Você explode a bolha comigo dentro dela, e eu com certeza vou para casa em segurança.

L. FRANK BAUM

– Por favor, mande-me para casa em uma bolha também! – implorou a rainha de Merryland.

– Muito bem, senhora. Você deve tentar a viagem primeiro – sugeriu educadamente o velho Papai Noel.

A linda boneca de cera despediu-se da princesa Ozma e dos outros e ficou na plataforma enquanto o Mágico soprava uma grande bolha de sabão ao redor dela. Quando concluído, ele permitiu que a bolha flutuasse lentamente, de modo que se podia ver a pequena rainha de Merryland em pé, no meio da bolha, mandando beijos com os dedos aos que estavam embaixo. A bolha seguiu na direção sul, e rapidamente perdeu-se de vista.

– É uma maneira muito boa de viajar – disse a princesa Fluff. – Eu gostaria de ir para casa em uma bolha também.

Então o Mágico soprou uma grande bolha em torno da princesa Fluff, e outra em torno do rei Bud, seu irmão, e uma terceira em torno da rainha Zixi, e logo essas três bolhas haviam subido ao céu e estavam flutuando em grupo, em direção ao reino de Noland.

O sucesso desses empreendimentos induziu os outros convidados estrangeiros a viajarem nas bolhas também. Então o Mágico colocou um por um dentro de suas bolhas, e Papai Noel direcionou o caminho que eles deveriam seguir, porque ele sabia exatamente onde todos moravam.

Finalmente, Botão-Brilhante disse:

– Eu quero ir para casa também.

– Ora, então você vai! – gritou o Papai Noel –, pois tenho certeza de que seu pai e sua mãe ficarão felizes em vê-lo novamente. Senhor Mágico, por favor, sopre uma boa bolha para o Botão-Brilhante entrar, e vou enviá-lo para casa de sua família o mais seguro possível.

– Que pena – disse Dorothy com um suspiro, pois ela gostava de seu camarada. – Mas talvez seja melhor mesmo que Botão-Brilhante vá para casa. Seus pais devem estar muito preocupados.

Ela beijou o menino e Ozma o beijou também, e todos os outros acenaram e disseram adeus desejando-lhe uma boa viagem.

– Você está feliz em nos deixar, querido? – perguntou Dorothy, um pouco melancólica.

– Não sei – disse Botão-Brilhante.

A estrada para Oz

Ele sentou-se de pernas cruzadas na plataforma, com o chapéu de marinheiro na cabeça, e o Mágico soprou uma linda bolha a seu redor.

Um minuto depois, ele havia subido ao ar, navegando em direção ao Oeste, e a última vez que viram Botão-Brilhante, ele ainda estava sentado no meio do globo brilhante acenando com seu chapéu de marinheiro para aqueles que estavam embaixo.

– Você vai andar em uma bolha, ou devo mandar você e Totó para casa com o cinto mágico? – perguntou a princesa a Dorothy.

– Acho que vou usar o cinto – respondeu a menina. – Eu tenho um pouco de medo dessas bolhas.

– *Au-au!* – latiu Totó com aprovação. Ele adorava latir para as bolhas enquanto elas navegavam para longe, mas ele não se importava de andar em uma.

Papai Noel decidiu ir em seguida. Ele agradeceu a Ozma a hospitalidade e desejou a ela muitas felicidades pelo seu dia. Então o Mágico soprou uma bolha em torno de seu corpinho rechonchudo e bolhas menores em torno de cada um de seus ryls e knooks.

Quando o amigo gentil e generoso das crianças começou a flutuar, todas as pessoas o aclamaram a plenos pulmões, pois amavam o Papai Noel, e o homenzinho os ouviu através das paredes de sua bolha e acenou enquanto sorria para eles. A banda tocava bravamente enquanto cada um subia com sua bolha, até que ficasse completamente fora de vista.

– E você, Polly? – Dorothy perguntou à amiga. – Você está com medo das bolhas também?

– Não – respondeu Policromia, sorrindo –, mas o Papai Noel prometeu falar com meu pai enquanto estivesse passando pelo céu. Então talvez eu consiga ir para casa de uma maneira mais fácil.

Na verdade, a pequena donzela mal tinha feito este discurso quando de repente certa radiância preencheu o ar e, enquanto as pessoas olhavam maravilhadas, o fim de um lindo arco-íris lentamente se estabeleceu na plataforma. Com um grito de alegria, a filha do Arco-íris saltou de sua cadeira e dançou ao longo da curva do arco, subindo gradualmente, enquanto as dobras de seu vestido transparente giravam e flutuavam em torno dela como uma nuvem misturada com as cores do próprio arco-íris.

– Tchau, Ozma! Tchau, Dorothy! – gritou uma voz que elas sabiam pertencer a Policromia, mas agora a forma da pequenina havia se fundido totalmente com o arco-íris, e eles não podiam mais vê-la.

De repente, o fim do arco-íris dissipou-se e suas cores desbotaram lentamente, como névoa na brisa. Dorothy suspirou profundamente e virou-se para Ozma.

– Lamento perder Polly – disse ela. – Mas eu acho que ela está melhor com seu pai, porque até mesmo a Terra de Oz não poderia ser o lar de uma fada das nuvens.

– De fato – respondeu a princesa. – Mas foi maravilhoso para nós conhecer um pouco Policromia. Quem sabe, talvez, nós possamos encontrar a filha do Arco-íris novamente algum dia.

Terminada a celebração, todos deixaram o pavilhão e formaram novamente o cortejo de volta à Cidade das Esmeraldas. Dos companheiros recentes de Dorothy, apenas Totó e o Homem-Farrapo permaneceram, e Ozma decidiu permitir que este último vivesse em Oz por um tempo, pelo menos. Se ele se mostrasse honesto e verdadeiro, ela prometeu que o deixaria viver para sempre lá, e o homem estava ansioso para ganhar essa recompensa.

Eles tiveram um jantar tranquilo e agradável juntos e passaram uma noite agradável com o Espantalho, o Homem de Lata, Tic-Tac e a Galinha Amarela.

Quando Dorothy desejou boa noite, ela deu um beijo em cada um, despedindo-se de todos ao mesmo tempo, pois Ozma havia concordado que, enquanto Dorothy dormia, ela e Totó iriam ser transportados por meio do cinto mágico para sua própria cama na fazenda do Kansas, e a menina ficou rindo pensando no quão surpresos tio Henry e tia Em ficariam quando ela descesse para tomar o café da manhã com eles na manhã seguinte.

Bastante contente por ter tido uma aventura tão agradável, e um pouco cansada por todos os acontecimentos agitados do dia, Dorothy segurou firme Totó em seus braços e deitou na bela cama branca de seu quarto no palácio real de Ozma.

E ela dormiu profundamente.